「やぁあ、ああ、とける、とけちゃうぅ……っ」
唇から零れた嬌声を聞いて、ジェイドが淫らな笑みを浮かべる。
「溶けろ。溶けてしまえっ」

ぼくの皇子様

弓月あや

Illustration
中井アオ

B-PRINCE文庫

※本作品の内容はすべてフィクションです。
実在の人物・団体・事件などには一切関係ありません。

CONTENTS

ぼくの皇子様

初めての出会いは、木漏《こも》れ日が美しい季節だった。

空は青く、突き抜けそうに高い。蒼穹《そうきゅう》という言葉が、これほど相応《ふさわ》しい青空もないだろう。

その透き通る風の中に、青年は立っていた。

「きみの名前は？　どこから来たの」

青年からの優しい問いかけに、ソラは言葉を返すことができなかった。

すらりとした立ち姿。けして華美ではないけれど、見るからに上質な装い。品のいい物腰。

なにより、彼の整った美貌。真っ白な肌に美しい瞳。こんなに綺麗な人を、ソラは生まれて初めて見た。

子供の頃、一度だけ親に連れられて行った聖殿で見た、美しく清らかな聖母の像。この人は、その聖なる像によく似ている。言い知れぬ気品と優雅さに満ちていた。

彼は自分のような下賤《げせん》の者と、まるで違う。

ようやく、ソラは自分がどんなに貧しい格好をしているか気がついた。けして不潔ではないけれど、襟《えり》や袖口など、あちこち擦り切れている服。靴は爪先が綻《ほころ》びて、何度も自分で縫っている。しかも、踵《かかと》はもう修復できないほどの穴が空いていた。

みっともない格好の自分が恥ずかしくて、逃げ出したい。この綺麗な人の前から消え失せたい。そう思って俯《うつむ》いたソラに、柔らかい声がかけられる。

「私の名はジェイド。きみは？　名前を教えてくれないかな」

名前。名前ってなんだっけ。……名前なんかで呼ばれるのは、ものすごく久しぶりだ。

「……ソラ」

恐る恐る名を告げると、青年は満面の笑みを向けてくる。本当に満開の花を思わせる、とても美しい笑顔だ。

「ソラ。覚えやすくて、美しい名前だね。きみによく似合う」

その言葉を聞いて、ソラは返事もできずに青年を見た。こんなみすぼらしい格好をした自分に、この人は、なんて優しいのだろう。美しい名前だなんて、そんなことは生まれて初めて言われた。

背後で木々が立てる葉擦れを聞きながら、ソラは自分が幻の中に迷い込んだような、そんな錯覚に囚われる。

それは煌《きら》びやかで、とても綺麗な、とびきり幸福な幻影だった。

1

右も左もわからない場所を闇雲に歩いていたソラは、見たこともないぐらい美しい青年に呼び止められて、身体を硬くした。

「こんなところで、なにをしているの？　きみは聖殿の人ではないだろう？」

青年はソラの服を見て、そう判断したらしい。確かに平服を着たソラは、聖殿とは無関係に見える。事実、今まで全く関係がない生活を送ってきたのだ。

「迷子かな。困ったね、聖殿で迷子なんて初耳だ。そもそも、どうやって中に入ったんだい」

迷子とまで言われてしまったので、否定しようとソラが顔を上げた瞬間。さぁっと柔らかな風が吹く。

「あ……」

一瞬よろけそうになると、大きな手がソラの腕を摑《つか》んだ。

「おっと。危ない、沼に落ちるところだ」

青年はそう言うと、ソラの身体を強い力で抱きしめる。その言葉で後ろを振り返ってみると、大きな沼が水草に蓋《おお》われるようにして存在していた。

「あ、……あの、ごめんなさい」

「謝ることはない。でも、気をつけようね。溺れたら大変だ。この辺りは沼地が多い。しかも底のない沼だから、落ちたらひとたまりもない」

子供に言い聞かすような口調で話すジェイドという名の青年は、目を細め微笑《ほほえ》みながらソラを見つめている。

その時、ふわぁっとした花の香りに気がついた。華やかすぎない、むしろ静謐《せいひつ》と言っていい香りに、なぜか頰が赤らんでしまった。

なんだろう。すごく、いい香りがする。

それに、低いけど温かみのある優しい声。聞いているだけで、気持ちが落ち着いてくる。

ソラはそう思いながら青年を見上げた。長身の男性はがっちりした体格だけど、肉体労働をしているふうにも見えない。品がいいし、典雅でもある。今までソラのいた世界には存在しない人だ。

こんな人、初めてだ。

青年はソラの身体を抱きかかえるようにして池から離れ、華奢《きゃしゃ》な身体を地面に立たせる。ソラの視線には、気づいていないようだ。

「あの、ぼくは迷子じゃありません」

ソラの答えに青年はまた、首を傾《かし》げた。

「迷子じゃないって？　では、こんなところに、ひとりでどうしたんだい？　ここがどこだか、わかっているのかい」

青年の問いはもっともだ。ここは天上界とも言える聖域で、市井《しせい》の人間が足を踏み入れることは許されていない場所だ。

「ジェイドって、綺麗な名前です、……ね」

ソラは質問には答えず、恐る恐る口を開く。ジェイドは自分の問いかけを無視されたことに対して少しだけ目を眇《すが》めたが、ようやく口を開いたソラに、嬉しそうに微笑んだ。

「ありがとう。ジェイドは大陸の言葉で、翡翠《ひすい》という意味らしい。私も気に入っているんだ。自分の瞳の色が深緑のせいかな」

「深緑？」

「翡翠って色々なものがあってね。薄い青色や紫色のもの、深い緑色のものもあるんだよ。ほら、これがそうだ」

青年は自分の襟元を寛《くつろ》げて、首に下げたネックレスを見せてくれる。白い首には、大人の親指ほどの大きさがある、緑色の石が下がっていた。

「すごい。……すごく、綺麗。ぼく、翡翠って初めて見ました」

思わず見惚《みと》れると、青年はにっこりと微笑んだ。

「ありがとう。これが翡翠《ジェイド》の石だよ」

ソラはその石から目が離せなかった。なんだか、魔力があるみたいだ。宝石の価値なんて全く知らないけれど、とても美しいと思う。

「すごく綺麗です。見せてくださって、ありがとうございました」

「どういたしまして」

そう言って笑う青年は、とても上品で優しく美しい。ソラはまた見惚れて真っ赤になってしまった。ジェイドはそんなソラに優しく微笑み、もう一度、「どうして聖殿にいるの？」と、辛抱強く問いかけてくる。

どうやら、彼はソラを、かなり年下だと思っているようだ。いや。年下というより、子供に対する態度だ。昔からソラは幼く見られてしまう。原因は、この幼顔のせいだろう。

困ったなと思いながら、拙《つたな》い言葉で現状を説明し始めた。

「大神官様に呼ばれて来ました。でも聖堂に行く途中で、急に怖くなって。だから、……つい逃げ出してしまったんです。本当はいけないことなのに」

「大神官？　……彼は、この聖殿の奥深くで民のために毎日、祈りを捧げている尊い人だ。その彼が、きみを呼んだというのか」

「ジェ、ジェイド様は大神官様とお会いになったことが、あるんですか」

ソラがそう言うと、ジェイドは微妙に複雑な表情を浮かべる。

「……いや。私は一度でいいから、大神官に謁見《えっけん》したいと願いを出している。だが……大神官は忙しいからと断られ続けていてね」

悲しそうな眼差しをされて、ソラの胸はまた鼓動を大きくした。

この人は、すごくすごく美しい。でも、なにより綺麗なのは、この深緑色の瞳だ。深い色なのに、光に当たると薄く輝いている。こんな目の色をした人、初めて見た。

しばらく見惚れていたソラを、ジェイドは「ああ、いけない」と見つめ直した。

「話が逸れてしまった。ソラはなぜ、急に怖くなったんだい？　逃げ出すなんて、相当な理由があったんだろう。……もしかして、大神官が怖いのかな。いや、そもそもどうして、こんな子供が聖殿から召し出されるんだ」

眉根を寄せてソラの顔を覗き込んでくる青年は、とても真剣な顔をしていた。

端整な顔を近づけられると、ソラの頬がまたしても真っ赤になる。こんな綺麗な人に見つめられると、恥ずかしい。

粗末な服とボサボサの髪をした自分が、どれだけみっともないか。それはソラ自身が、一番よく知っている。こんなに綺麗な人に見つめられるなんて、恥辱以外のなにものでもない。

俯いたソラの、その頬に、そっと触れてくるものがある。視線を上げると、それはジェイドの長い指だった。

「あ、あの……？」

「私は、なにか悪いことを訊《き》いているのかな」

「そ、……そんなことないです」

意外な言葉に、ソラは大慌てで頭《かぶり》を振った。だが青年は、眉間《みけん》に皺《しわ》を寄せたまま表情を険しくするばかりだ。

「では、どうしてソラは私から目を逸らす？　私はソラが聖殿に呼ばれた理由と、ここに招かれて怖くなった理由が知りたい。もし困っているなら、力になれると思うよ」

「い、いいえ。困ったことなんかありません」

「困っていないのに、なぜ聖殿にいるのかな。ここは、子供の遊び場じゃない。神聖な神御座《おわ》す、聖なる宮殿だ」

ソラの顔を見る青年の瞳が、あまりにも美しいから、どうしても真っ直ぐ見られない。慌ててしまったために、ソラは言わなくていいことを口走った。

「あ、あの……。ぼくの妹が大祭の前に死んでしまったんです。それで神様が怒らないように、ぼくがここに来ました」

「それは……、お気の毒に」

取り繕《つくろ》ったはずが、かえって沈痛な表情をされたので、余計に慌ててしまった。

「でも、それでなぜ神々がお怒りになるんだろう。人が亡くなって、お怒りになるような神はいないよ。神々は厳しいけれど、慈悲深いものだ」

確かに普通の家ならば、少女が早世すれば悲劇以外のなにものでもない。

だが、ソラの家は違う。普通の家ではない。贄《にえ》の家と呼ばれる特殊な家なのだ。

「妹は神様の花嫁にならなくてはいけなかったんです。それなのに、その前に亡くなってしまったんです。だから……」

「神の花嫁？　すまないが、意味がわからない。神の花嫁とは、なんのことだろう」

青年はソラの言葉が、納得できないというように眉間に皺を寄せる。

その表情を見て、ようやくソラは自分の生まれ育った環境を知らない人には、突飛すぎる話をしていたことに気がついた。

「あの……、花嫁とは贄のことです。百年に一度の大祭で、神に捧げられる供物《くもつ》のことを、贄というんです」

そこまで必死になって言うと、青年は信じ難いという形相でソラを見つめた。

一瞬にして厳しくなった青年の表情を見て、身体が震える。ソラにとって、贄はごく当たり前の存在だったけれど、この青年にとっては普通の話ではないようだ。

「ソラ、きみは夢を見ているのかい。そんな突飛な話があるはずがない」

「いいえ。妹の代わりに贄となるために、ぼくはここに連れてこられました」

「花嫁だとか、妹の代わりだとか、贄だとか……。悪いけれど、そんな話は初めて聞いたよ。きみは大神官に呼ばれて、この大聖殿に来たと言ったね。では、まさかと思うが、大神官は贄のことを……、その百年に一度の大祭のことを、承知しているというのか」

強張《こわば》ったジェイドの声に、ソラは頷《うなず》いた。

「もちろんです。大神官様は大祭の祭主様。ぼくは贄の家から来た、神の生贄ですから」

ソラの冷静な声に、青年は今度こそ蒼白《そうはく》になる。

「……贄の家、生贄……、祭主だと。……そんな莫迦《ばか》な……っ」

青年が呟いたのと、植え込みの向こうから声が聞こえたのは同時だった。

「沼の方角は見たかっ。もっと範囲を広げて捜すんだ！」

微かに聞こえた声に、ソラの身体がびくっと震えた。だが、決心した様子で声がするほうへと身体を向ける。ジェイドは場違いな男達の大声にも眉根を寄せたが、ソラの態度にも驚きを隠せない。

「ソラ、待ちなさい。どこへ行く気だ」

「あの声はぼくを捜している人達の声です。早く行かなくちゃ」

ソラは感情が全く見えない表情と顔で、素っ気なく言った。その言葉にジェイドの表情が、きつくなっていく。

「だが今の話が本当なら、きみは妹の代わりに呼ばれたということになる。信じたくないが、贄として神に捧げられるために」

「はい」

日常の出来事を話すように頷くソラに、青年はさらに蒼白になった。

「冗談じゃないっ」

鋭い声に、ソラは驚いて青年を見上げた。ジェイドの顔は、どんどん険しくなっていく。たった今まで穏やかに話をしていたのに。

「どうしてそんなに怒っているんですか」

「怒るに決まっているだろうっ！　きみは理不尽だと思わないかっ！　こんな話に諾々《だくだく》と従うなんて……っ」

「いいえ。理不尽じゃありません。ぼくの家は代々、神に捧げる花嫁を産み育てる、贄の家なんですから」

ジェイドの言葉に臆することなく、ソラは言いきった。ちゃんと理由を言わないと彼は納得はしないと思い、背後から聞こえる声を気にしながら早口に喋る。

「神に捧げる供物を、贄と言います。毎年の神事では生きた鶏《にわとり》などが捧げられますが、百年に一度の大祭では、贄の家から聖なる乙女が神に捧げられます」

「神に捧げるというのは、首を刎《は》ねることじゃないかっ」

「そうです。そのために贄の家は代々、子を産み育てるんです。祖父母も曽祖父母も、その上も同じ。ぼく達一族は代々、神の贄となるために生まれてくるのです。誰が贄になるか。それは百年に一度の運命です」

「そんな、……そんな莫迦げた話……っ」

「莫迦げた話？」

思ってもいなかった言葉に首を傾げると、今度こそジェイドは大声で怒鳴った。

「これが激昂《げっこう》せずにいられるか！　ソラ、きみは事の重大さをわかっているのか。こんな非現実的な話があるか……っ」

「はい。でもそうなんです」

このきっぱりとした態度に、とうとうジェイドは絶句してしまった。反対にソラは冷静だ。

少年のような幼顔のソラだったが、自分の置かれた境遇も役割も理解していた。

だから、ジェイドの怒りの意味がわからない。贄となることが定められている『贄の家』に生まれたソラにとっては、ごく当然の話だからだ。

「でも古今東西、どんな国も生贄を神に捧げていたと言います。きっと、どんな神様も贄が大好きなんです。だから神様は贄を求める。そして、その代償に国の安泰を約束してくれます」

青年が険しい顔で自分を見ていることはわかったが、ソラは憑《つ》かれたように話し続ける。

ソラはどうして自分が、こんなにもスラスラと説明できるのか、不思議だった。

今日初めて会ったこの人に、自分のことや妹のことをぺらぺら話している。なんだか不思議な気持ちだった。

「きみの母親は、一体なにをしているんだ！　幼い子供を亡くしたのは同情するが、だからと言って自分の息子が犠牲になるのを止めないというのか……っ」

憤《いきどお》る青年に対して、ソラは冷静だった。静かな声で「そうです」と言う。

「母親は贄になることを止めません。止めてはいけないのです。そして贄も、自分の運命を拒絶することはできません。贄となることを断れば、この国に厄災《やくさい》が訪れます。だから絶対に許されません」

ジェイドは口惜《くちお》しそうに唇を噛み締める。彼には、信じ難い話らしい。だが、ソラにとっては幼い頃から親に言い聞かされてきた話だ。

「母親の仕事は、自分の子供を守ることじゃありません。贄となる子供を産み、育てること。そして無事に聖殿に捧げることです」

「ソラ……」

「もう行かなくちゃ。それが、ぼくの務めだから」

口調は淡々としていたが、ソラの瞳ははっきりと決意を示していた。誰にも止めることはできない。そんな瞳だ。

その時、ソラを捜す男達の声が近づいてきた。見つかるのも、もう時間の問題だろう。ソラはジェイドに向かって、ぺこりと頭を下げた。

「お話できて嬉しかったです。もうお会いすることもないでしょう」

「待ちなさい！」

ジェイドはなにを思ったのか、首から下げていた翡翠の首飾りを外して、ソラの首へと巻きつける。

「え？　あ、あの……っ」

「これを、きみに預けよう」

「そ、そんな……、こ、困ります！」

その言葉にびっくりしてしまった。貧しいソラから見ても、この首飾りがとても高価なものだとわかる。それを自分なんかに寄こすなんて。

第一、自分は大祭の日に首を刎ねられるのだ。そんな人間にこんな玉石を預けるなんて、あまりにも莫迦げている。

「だ、駄目ですっ！　お預かりできませんっ」

ソラは慌てて両手を首の後ろに回して、首飾りを外そうとした。だがジェイドは、その手を押し止める。

「この石は、ただの宝石じゃない。私が生まれた時、譲り渡された代々伝わる宝玉だ。いいか、きみに害をなす者が聖殿にいるなら、これを見せなさい。ジェイド・アムレートゥム・イムベリウムからもらった石だと言うんだ。これで誰も、きみに手は出せない」

「ジェイド様……、あなたは一体……」

「そっちにいないのかっ！　沼のほうは捜したのかっ」

ソラを捜しているだろう男達の声が、こちらに近づいてくるのが感じられる。

ソラは、いけないと思った。自分と一緒にいるジェイドに対して、彼らはなにをしでかすか、わからない。

そう考えて、ジェイドを納得させるために頷いた。

とにかく彼から一刻も早く、離れなくてはならない。

「わかりました。しばらくの間、お借りします。それでは」

早口でそう伝え、声がするほうへ振り向こうとしたソラの肩をジェイドは摑もうと手を伸ばした。しかしソラは、その手を躱《かわ》す。

「さようなら、ジェイド様。お元気で」

そう言うと、意外なほどの素早さで植え込みの中へと消えた。

「ソラっ！」

背後から、ジェイドの大きな声が聞こえた。その声が耳に飛び込んできた瞬間、胸が引き裂かれたみたいに痛む。

こんな気持ちになったのは、生まれて初めてだ。

「ジェイド、様……」

先ほど知り合ったばかりの人なのに、どうしてこんなに切ないのだろう。

どうして、こんな気持ちになるのだろう。

ソラは自らの気持ちを理解できないまま、自分を捜索する男達の前に向かって歩き出した。

彼らの関心はソラひとり。自分が捕まればジェイドには害を加えないのだから。

ジェイド様。……あんな人、初めてだ。

「あ……、いけない。これを隠さなくちゃ」

男達の前に向かう直前、ソラはジェイドから預かった石を襟の中に隠す。これが見つかっては、ジェイドが危険な目に遭うかもしれない。

絶対に、ジェイドに迷惑をかけちゃいけない。そう、絶対に。……例え彼を庇《かば》ったために自分が酷い目に遭うとしても、それでもいい。自分は、なにもできない人間だけれど、この身を呈することはできる。それでジェイドが危ない目に遭わないなら、そのほうがずっといい。

「いたぞ！　贄の花嫁だ！」

男の大きな声を聞いて、ソラは目を閉じて息を吐き出す。その吐息は、微かに震えていた。

よかった。これでジェイドは逃げられる。

この人達は、ぼくにしか興味はないはずだ。ジェイド様は、逃げ延びることができるんだ。

「全く、手間をかけさせて！」

男のひとりがソラの手を取り、後ろ手に捻《ひね》りあげる。その強い力に呻《うめ》きながら、ソラは聖殿の中へと連れて行かれた。

連行する男達の誰ひとりとして、ソラの口元に浮かんだ微笑に、気づく者はいなかった。

□□□

あっという間に消えてしまったソラの後をジェイドは追いかけたが、既に少年の姿も、彼を追いかけていた男達の姿もない。

耳を澄ましても、誰かがソラを追いかけている気配もなければ、騒ぎも聞こえなかった。ソラと、そして彼を追いかけているはずの男達の気配は、綺麗に消えてしまったのだ。

「……これは、どういうことだ」

ジェイドの呟きは風の音に紛れて、誰にも聞こえない。彼は顔を上げると、聖殿へと歩いた。するとすぐに、数人の侍従達が走り寄ってくる。

「ジェイド様、如何《いかが》なさいましたか」

「今、聖殿の者達が、ソラという少年を捕まえた。だが、その少年は自分が生贄になるなどと言っていたんだ。どうもおかしい。聖殿の者に確認を取りたい」

「いいえ。それはご法度《はっと》でございます」

中にいた侍従のひとりが深く頭を垂れながら、しかし厳しい口調でジェイドを制する。

「ご法度とは、どういう意味だ」

目尻を吊り上げて問い詰めるジェイドに、侍従は動ずることはなかった。

「聖殿の中は、まさしく聖域。例え御子《みこ》であられるジェイド様でも、みだりに出入りすることは許されません」

そう止められてしまうと、ジェイドに返す言葉はない。ぐっと唇を噛み締め侍従を睨みつけたが、すぐに息を吐き出した。

「私の身分を持ってしても、許されないというのか。では、誰の許しがあれば、聖殿の中を検《あらた》めることができる」

「畏《おそ》れ多くも、それがおできになるのは国王陛下おひとりではないかと」

「そうか。わかった」

ジェイドは差し出された上着に袖を通すと、「すぐに馬の用意を」と言った。

「父の元へ行く。すぐに父王アガタの元へ、謁見要請の使者を出せ」

凛とした声で告げると、連れてこられた馬に跨り聖殿を後にする。

この国を統べる王の嫡子《ちゃくし》として生まれた彼は、イムベリウム国の皇子であり、次代の王となることが定められている。その彼が、数百年にも及ぶ贄の伝統を知ることがなかったのだ。

それは、大変なことだ。ジェイドの顔には焦りの色が浮かんでいた。

とにかく、父に会おう。会ってソラの言ったことは本当なのか、確認しなくてはならない。

皇子である自分さえ知らなかった、この国に密かに伝わる忌まわしき風習と、贄という存在のことを。

2

　結局、ソラは聖殿の奥深くにある聖堂へと連れてこられた。

　周りにいる神官達は、下にも置かぬといった態度でソラに接している。だがそれは、慇懃無《いんぎんぶ》礼《れい》とも言える態度だった。

　聖堂の中は蠟燭《ろうそく》がいくつも灯《と》り、凜とした空気に満ちている。

　ソラは、自分がなんのために連れてこられたのか誰よりも熟知している。しかし、どんなに納得したつもりでも、贄となり神に捧げられてしまうのは怖い。

「大神官様が、お見えでございます」

　そう言われて顔を上げると、驚いたことに先ほど中庭で会った青年と、同じ顔をした男が立っていた。同じ顔というか、まさに同じ人間だ。

　人形のように真っ白な肌。柔らかな長髪は輝く銀。だが、先ほどの青年と決定的に違うものがあった。それは、整った顔立ちの中に一際輝く双眸《そうぼう》が奇跡のような美しい紫なのだ。

　先ほど出会った青年は湖水を映したような、深緑の瞳だったのに。

「おまえがソラ、神の乙女とは血を分けた兄。相違ないですね」

「は……、はい」

「私の名はアンバー。最高神祇官《しんぎかん》様と共に、聖殿を司《つかさど》るものです」

圧倒的なアンバーの存在感に圧されて、ソラは声が詰まったが、必死に頷く。

周りを見れば、どの神官達も床に平伏していた。目の前の青年は若いのに、大神官と呼ばれていることに、更に恐怖が増す。

「突然、逃げ出したそうですね」

いきなり問われて言葉が出てこない。こうも単刀直入に訊かれるとは思わなかったからだ。

「は、はい。いえ、……はい」

その要領を得ない返答に、アンバーは目元を細める。柔らかい声で訊かれて、思わず俯いた。こんな身分の高い人が、どうしてそんなことを訊いてくるのだろう。

「あの……、贄になることは決まっていることなのに、さっきは急に怖くなってしまいました。すみません。今は怖くなくなりました」

「怖くなくなった？　そうでしたか。急に気持ちが変わったのはなぜですか」

ここでジェイドのことを言おうか、ちょっと迷った。

彼と話をしていたら、気持ちが落ち着いてきたのだと。でも、なんとなく言う気になれない。

「理由は特にありません。ただ、逃げることに意味がないと思ったからです」

どこか達観した言葉にアンバーは、またしても目元を細めた。その瞳は、獲物を見つけてほくそ笑む獣のように冷然たるものだった。

「懸命です。――――おまえは、私が怖いですか」

「い、いいえ、怖いだなんて」

「嘘をつかなくてもよろしい。震えていますよ」

囁くような声で言うとソラの顎を摑み、つぃっと上を向かせる。

「粗末な身なりに似合わぬ、美しい瞳をしている。……いや。身なりに構えぬほど逼迫《ひっぱく》しているからこそ、澄んだ瞳なのか。ソラ、少し話をしましょう」

アンバーは周囲の神官達へと声をかけた。

「しばらく彼と、二人きりになりたい」

そう言うと、他の神官達に、全員、廊下へと出るようにと命じた。驚いたのはソラだけでなく、追い出された神官達もだ。

「大神官様、しかし」

「しばらく、聖堂に誰も近づかないように」

不服そうな神官達に構うことなく、アンバーは彼らを追い出してしまった。そして改めて、ソラを正面から見据えてくる。

「大神官様……」

「彼らがいると気遣いするでしょう。私も彼らがいると、煩《わずら》わしいです」

ソラは突き放すような言葉に驚いて、アンバーを見つめた。あんなふうに下にも置かぬ扱いをされていながら、彼はそれを疎《うと》ましく思っているらしい。

傲慢ではあるけれどソラを気遣ってくれる様子に、なんとなくホッとする。大の大人に傅《かしず》かれて、それが当然と考える人だったら、ソラは傍にいるのも苦痛だろう。

「どうしました」

ソラの表情の変化を見抜いたらしい。彼は婀娜《あだ》っぽいと言っていい眼差しを向けてくる。

「あ、いえ。……ええと、大神官様はとてもお若いのに、聖殿の中では一番お偉いんだなぁって思って、それで」

「それほど若くもありません。もう二十七歳です。それに聖殿の中で枢要《すうよう》な地位におられるのは、最高神祇官殿です。今は病で臥《ふ》せっていますので、私が代理を務めていますが」

二十七歳と言われ、ジェイドの顔が過《よぎ》る。彼も確かに、そのぐらいの年齢に見えた。

なによりジェイドと大神官の、そっくりな容姿。瞳の色は違うけれど、顔や身体つきは似ている。いや、肌のなめらかさまで同じだ。この人と彼が、他人のはずがない。

「あの、……大神官様はジェイド様という方を、ご存知ですか」

ソラの言葉を聞いても、青年は全く反応しない。ただ、ゆっくりと瞬《まばた》きをして、睨《ね》めつけるような目でソラを見つめてくる。

「ジェイド？　さぁ」

青年はそう言うと、うっすらと微笑んだ。人形のように整った、まるで血の通わない微笑だった。

「初めて聞く名前です。その方が、どうしたのですか」

「え、あ……、ごめんなさい。大神官様とジェイド様が、あんまりよく似ているから」

「似ている？　私とジェイドが？　……莫迦な。そんなことはあり得ない」

大神官は皮肉げに笑い呟くと、ソラから目を逸らした。その落ち着かない様子を見て、大神官はジェイドのことを知っているのだと確信する。

知っているからこそ動揺するのだ。普通ならば似ていると言われただけで、こんなにも感情が揺らぐはずがない。

大神官はなにかを考えているように目を伏せていたが、不意にその瞳をソラに向けた。

「おまえは、いつジェイドに会ったのですか。……そういえば、今日はジェイドが参拝に来ているそうだが、もしや」

そう言われてヒヤリとした。だが、ここで嘘をついても、すぐに綻びて話がますます複雑になるだろう。ソラは正直に白状することにした。

「はい。先ほど庭園に出てしまった時、偶然お会いしました」

そう言いながら、自分の緊張が気取られないよう注意する。自分とジェイドは偶然に会っただけ。なにも後ろめたいことなんかない。

事実、ソラとジェイドが話をしたのは短い時間だ。

「ジェイドとなにか話をしましたか」

そう問われて、迂闊《うかつ》なことは言えないと気を引き締めた。

「あの、特になにも……。あ、どうしてぼくのような者が聖殿にいるのかって、不思議に思ったらしく、何回も訊かれました。だから妹が亡くなったので、ぼくが身代わりに神殿に呼ばれたと話しました。そうしたら、ジェイド様はすごく驚いていました」

「驚いていた？」

「あの方は贄の存在自体をご存じなかったようで、びっくりしたみたいです」

「彼が、贄の存在を知らなかった？」

「はい。すごく驚いていたし怒ってもいました。ぼくは贄の話を誰でも知っているものだと思っていたから、びっくりしました」

「――皇子様は汚濁にまみれた贄のことなど、なにもご存知ないのでしょう」

「皇子様？　あの、皇子様って誰が」

ソラがそう訊くと、アンバーは怪訝《けげん》そうな顔で眉を顰《ひそ》める。

「誰が？　決まっているでしょう。ジェイド・アムレートゥム・イムベリウム。強大にして揺るぎなき我が国家、イムベリウム王家第一皇子。それが、ジェイドです」

「お、皇子って、……皇子？」

本当にびっくりした。確かにジェイドの、優雅な物腰と品のいい言葉遣い、優しげな微笑、そのどれもが下層階級のものでなく、身分の高い人だと思わせるものだった。だけどまさか。

『ジェイド・アムレートゥム・イムベリウムからもらった石だと言うんだ。これで誰も、きみに手は出せない』

その時、脳裏にジェイドの言葉が甦る。そうだ。彼の名にはイムベリウムという、この国の名がつく。あれは、そういう意味だったのか。

「ジェイド様が皇子様……」

信じられないことを聞いてソラが茫然《ぼうぜん》と呟くと、アンバーは訝《いぶか》しむ眼差しで見つめてくる。

「どうやら、本当に知らなかったようですね。そして、ジェイドは贄の存在を知らなかったようだ。すばらしい。運命の出会いというわけだ」

そう言うと、アンバーはまたしても口元に笑みを浮かべた。それは微笑みではなく、冷笑と言うべき冷ややかなものだ。

「真綿で包《くる》まれるようにして大事に育てられた彼は、なんの苦労もなく玉座に座ることを約束されています。そう。なんの苦労もしないで、この国の王に就けるのです。そんな人間に、この国の暗部である贄のことなど、誰も教えないのでしょうね」

アンバーはしばらく皮肉そうな笑みを浮かべていたが、次の瞬間、表情を消した。だが、目だけは鋭く光っている。

「民草のために、我が身を投げ出すように教え込まれている、おまえのような子供がいる。それなのに、彼は不自由なく、いや、贅《ぜい》を極めた暮らしが死ぬまで約束されています。汚いことは、全て周りの人間がやってくれるからです。美しい皿に盛られた肉が、どのように屠殺《とさつ》されたかなんて知る由もないし、知りたくもないのでしょう。ジェイドとは、そういう身勝手で自分のことしか考えない、汚い男なのです」

またもやジェイドを知る口ぶりで呟くと、青年は表情を変えてソラを見つめた。

「おまえは実に、可愛らしい子です」

ソラが顔を上げると、青年はその顎を取った。そして顔を近づける。

「こうまで可愛らしいと、神に捧げるのは惜しいですが、大祭に贄は不可欠。仕方がありません。おまえ達一族は、選ばれし殉教《じゅんきょう》の民。そうでしょう?」

この残酷な囁きを聞いても、ソラは怒ることもしない。その瞳に意思の力はなく、あやつり人形のように、こくんと頷いた。

「……はい。贄は、必要、です」

「賢い子です。贄となるのは、名誉なこと。そうでしょう?」

「はい……。贄となり、この身を捧ぐ、これこそが贄の家に生まれし者の本望であり本願……。贄の犠牲があってこそ、この国は繁栄、しました。……私ども一族は、お役に立てて、光栄、でございます……」

ソラは傀儡《かいらい》のように、従順に言われた言葉をくり返した。腑抜《ふぬ》けた声だが、アンバーはこの

わかりきっているのに。

返答に満足そうだ。

本心など、どこにも見えていない言葉だと、わかりきっているのに。

「よく言いました。贄の家は数百年もの間、我が国の礎《いしずえ》となる名誉ある一族です」

その囁きに、ソラの身体がピクリと震えた。

「畏れ多くも、勿体ない、お言葉……。私どものような卑《いや》しい民、に、大神官様のお言葉を、賜《たまわ》れる、とは。……なんとお優しいのでしょうか」

形式ばった言葉を返しながら、ソラはしばらく頭を下げる。幼い頃からの教えが、無意識のうちにソラをあやつっていた。そして顔を上げた瞬間、ぱちぱちと瞬きをくり返す。

「……あれ？　ぼくは、なにを……」

そう呟くソラの背をアンバーはぐっと支え、その顎を親指と人差し指で支える。その瞳は、面白い見世物を見たように輝いていた。

「おいで。おまえの部屋に案内させましょう」

そして背を抱くようにして、大聖堂の扉を開くと、目の前には神官達がずらりと並んで、一様に頭を下げている。

「神の花嫁を部屋に案内しなさい。用意はできていますね」

「仰せのままでございます」

古参の神官がソラの肩を抱くようにして、部屋まで案内してくれるという。去り際、アンバーは謎めいた言葉を呟いた。

「歴代の花嫁は皆、大祭の日まで神への祈りを捧げる。部屋には一日二回、食事が運ばれる。それ以外は、誰もそこへは来ない。……私以外は」

その一言を聞いて、ソラの背筋に痺れが走る。それは悪寒とも歓喜とも言い難い、不思議な感覚だった。

3

「ここが花嫁の部屋です。入りなさい」

年配の神官が案内してくれたのは、聖殿の奥に建てられた、細長い塔の中だった。

与えられた花嫁の部屋はその塔の階段を上った一番上にある狭い小部屋だ。部屋の中央は大きな寝台が設《しつら》えてあり、あとは小さなテーブルと椅子《いす》、箪笥《たんす》が置いてあるだけだった。

（天井の全てに、硝子《ガラス》が嵌《は》め込んである……）

ソラは天井を見上げ驚いた。硝子の天井は手が届かない高さにある。不思議な部屋だ。天井が高く天窓があるおかげで、閉塞《へいそく》感に悩まされることはない。

だが、この部屋もソラにとっては、どうでもいいことだった。この部屋で暮らすわけじゃなく、大祭までの仮の宿だからだ。

大祭がくれば贄は神へ捧げられる。部屋の環境など、どうでもいい。

「まず湯を使い、身体を清めてから着替えなさい」

部屋まで案内してくれた神官はそう言うと、部屋の隅に造られた浴室の扉を開けた。そこは小さな浴槽しかないが、既にもうお湯が張られてある。

「着替えは用意しておきます。今までの服は、処分しておきます」

「処分って……。あの、まだ着られますので、捨てないでください」

ソラが着ているのは、あちこち綻びた、みすぼらしい服。でも、きちんと洗濯はしているから不潔ではない。だから処分する理由がわからない。

だが神官は嫌そうに眉を顰めて、ソラを上から下まで蔑《さげす》むように見下ろした。

「このような貧しい格好を、神の花嫁にさせておけるわけがないでしょう。その服は即刻、廃棄処分にします。脱いだものは、浴室の隅にある籠《かご》に入れておきなさい」

神官は忌々《いまいま》しいと言わんばかりの口調で冷たく言い放つと、そそくさと部屋を出て行ってしまった。ソラに関わるのは御免とばかりの態度だ。

彼が立ち去っていく後ろ姿を見つめながら、ソラは自分の立場を今さらながらに思い知る。そして外から施錠《せじょう》される音を聞いて、気持ちが重くなった。

神の花嫁などと呼ばれてはいるが、けして自分は歓迎されていない。ましてや、殉教する身であっても、敬《とうと》われることなどないのだ。

「……歓迎されるわけ、ないか。贄だもん」

贄の家と呼ばれるソラの家は、とても貧しい。国から保障されていたが、それらの金は贄である妹のためだけに遣われていた。家族は食べるのも精一杯だったのだ。

浴室の中で小さく溜息をつくと、ソラは浴槽の中に手を入れてみる。

（すごい、お湯だ……）

ソラは服を脱ぐと、お湯が溜まった浴槽に座り込む。こんな贅沢、家にいた頃はできなかった。

風呂を沸かすこと自体が少なかったし、たまに用意ができた時は、まず妹が先に入った。それから父、母。最後がソラだ。その頃には湯も汚れているから、最後に入るソラは簡単に身体を拭くぐらいだった。そして、それが不自由だとも、不満だとも思わなかった。

「お湯って、……気持ちいい」

いつまでも耽溺《たんでき》したい。そう。溺れたいぐらい気持ちがいい。湯に浸かったまま、両手で掬《すく》うと顔と髪を拭った。

こんなに寛いだ時間なのに、思い出すのは先ほどまで話をしていた大神官、アンバーのことだ。彼の冷ややかな眼差しを思い出すだけで、背筋に冷たいものが走る。

寒気に思わず湯を掬って肩へと流していると、硬いものが指に触れる。ジェイドの首飾りだ。

（ジェイド、様……）

肌に触れる翡翠の首飾り。それをソラは握り締め、誰にも見つからなかったことに安堵の溜息をつく。

（これが見つかったら、ジェイド様が巻き添えを食うかもしれない。……それに、大神官様はジェイド様にいい感情を持っていないような気がする）

言葉にならないこのモヤモヤを、どう表したらいいのか。

アンバーがあの完璧な微笑の下で、一体なにを考えているのか。わからないから混乱した。全てにおいて達観しているようにも、絶望しているようにも、苛立っているようにも感じられたからだ。

しばらく考え事をしながら湯に浸かっていたが、答えが出ないので浴槽から出た。指の腹が皺々《しわしわ》にふやけているのを見て、ちょっとびっくりする。こんなになるまで湯に浸かることがないから、ソラにとっては初体験だ。

「すごい、しわしわ」

自分の手を見て、子供っぽく笑う。だが、その瞳は憂いを帯びたままだ。

(どうしてこんなふうに、落ち着かないのだろう)

自分は贄になると納得して聖殿にやってきた。大祭で神に奉仕するために、贄の家は存在しているからだ。ソラが妹の代わりになることが決まった時、両親はとても喜んでくれた。

よりにもよって百年に一度の大祭の年に、贄となるはずだった娘が死んだ。当たり前だが、両親は気落ちしていた。だが、娘を失った悲しみ以上に、自分達の使命を果たさなくてはと彼らは躍起になっていた。

ソラの家は贄の家。大祭を目の前にして、『娘が死にました。だから花嫁はいません』では許されないのだ。

□□□

ソラが部屋に戻ると、大きな花瓶に生けられた溢れんばかりの花が目に入った。ひらひらとした白い花びらが可憐だが、濃厚で甘い香りに、息が詰まりそうになる。

「きつい匂い……」

くらくらする香りに辟易《へきえき》して、窓を開けた。すぐに、ふわりと爽やかな風が舞い込んでくる。その風を感じた途端、溜息が零《こぼ》れる。

(ぼく、すごく疲れていたんだな)

ソラは大きな寝台に座り、ぽふぽふと身体を揺らしてみる。今までの自宅の寝台では感じられなかった心地よさに、ちょっとびっくりする。

「なんか、……すごい」

比べても無意味なのはわかっているが、どうしても貧しい自分の境遇を思ってしまう。贄という存在は、この国においては別格なのだ。

同じ家に住んでいても、ソラと神の花嫁となる妹の待遇は全く違っていた。妹は特別な絹で作られた敷布に眠り、花と果物といった供物は欠かされず、食事ももちろん選び抜かれたものばかりだった。

両親から、贄とはそういうものだと聞かされ続けていたから、それが自然だと思っていたし不満に思うこともなければ、疑問に思うこともなかった。

でも、妹は死んでしまった。まだ幼く外の世界も知らず、ただ神の花嫁となることだけを課せられていた少女は、母親の腕の中で短い生涯を遂げてしまった。

――……でも、……それで、よかったのかもしれない。

薄倖《はっこう》の乙女の最期は病で苦しんだものの、それでも最愛の母親に甘えながら生涯を閉じた。母の胸に抱かれて、贄として怖い思いをすることなく生涯を終えられてよかった。

「こんなこと考えて、……ぼくって酷いな」

本当ならば誰も傷つかず、誰も命を落とさない解決法が最善に決まっている。だけど、生まれる前から決まっている運命を捻じ曲げる方法なんて、考えつかない。

自分だって屠殺されるのを待つ家畜のように大人しく死ぬのを待つなんて、おかしいのかもと思う時がある。だけど贄の家に生まれたソラには、贄になることが当たり前なのだ。

「あの人……、ジェイド様は絶対に違うって言うだろうなぁ」

『これが激昂せずにいられるか！』

初めて会ったソラが贄になると知って、あんなに激しく怒りをあらわにした人。

『ソラ、きみは事の重大さをわかっているのか。こんな非現実的な話があるか……っ』

ソラを頭ごなしに叱った。真っ青な顔をして、ものすごく真剣な瞳で。

……あんな人、初めてだ。

ジェイドのことを考えると、胸がどきどきする。こんな気持ちになったのは初めてだ。部屋に閉じ込められるように育っていた妹と話をする時、親に見つかったら叱られるのでドキドキしたけれど、それとも違う。

「妹、か……」

不意に過ったのは、窓の向こうにいた小さな妹の姿だ。

同じ家で育てられたと言っても、神の花嫁として贄になる妹とは距離があった。兄妹らしい触れ合いはなかったと、言っていい。でも、軟禁状態で育った妹と窓越しに会えた時はお互い口もきけなかったけれど、嬉しくて手を振り合ったりしていたのだ。

もっと接してあげればよかった。ちょっとでもいいから、話しかけてやればよかった。こんなに早く死んでしまうなんて、思ってもいなかった。

……いや。それは詭弁《きべん》だ。妹はそもそも贄となるために生まれ、そして育てられてきたのだから、早く亡くなることはわかりきっていた。

どうしてもっと、兄らしく妹の傍にいてやらなかったのだろう。

神の花嫁様だから、近づいてはいけないと親に言い含められていた。けれど、なぜ素直に従っていたのだろう。妹と過ごせる時間が短いと、わかっていたのに。

今まで考えたこともなかった、当たり前の生活への後悔が募《つの》る。

ジェイドの怒りが、自分の気持ちを変化させたのかもしれない。

あの純粋な怒りに触れたから、自分の間違いを見つめられたのかもしれない。

両親に怒られるのが怖いから。贄となる身の妹と触れ合うのが怖いから。だから自分は哀れな妹と距離を置いていた。そんな自分の弱さから、妹を孤独にさせてしまった。

もっと話しかけていれば。もっともっと、外の世界に連れ出していれば。いいや。贄なんて風習を打ち砕いていれば……。

「ソラ様」

トントンッとドアを叩かれて、驚いて顔を上げる。誰だろうと思っていると、すぐに扉が開かれた。

「ソラ様。失礼致します」

入ってきたのは青年と言っていい年頃の、大柄な男だ。茶色い髪に茶色の瞳。背は高いが、ちょっと背骨が曲がっているらしく、前屈《かが》みになって歩いてくる。どうやら、彼は神官ではないらしい。高い襟の濃い緑色の服を着ていた。

「お世話をさせていただくグルナと申します。お見知りおきを」

男はそれだけ言うと、扉の外に置いてあったワゴンを部屋の中に入れる。

「お食事です」

そう言うとワゴンの上に被せている銀色の丸い蓋を取り、料理が載った大きな皿を恭《うやうや》しくテーブルに運んだ。

グルナが給仕してくれたテーブルの上には、真っ白なパンで挟まれた肉と野菜が、湯気を立てている。

おいしそうな香りに、ソラのお腹がぐぅと鳴った。

「あ、あの……」

「今、お茶をお持ちします。どうぞお召し上がりください」

グルナはソラに構うことなく、お茶を淹《い》れ始めた。だが、この得体が知れない男が差し出す食事に手をつけるのは、やはり躊躇《ちゅうちょ》してしまう。初めて会うグルナという男にも、この状況にも猜疑心《さいぎしん》が湧いていた。しかし、結局、空腹には勝てない。

「……いただきます」

大人しく椅子に座り、用意された食事に手を伸ばす。口元まで持っていくと、焼いた肉のいい香りが鼻腔《びこう》を刺激した。齧《かじ》りつくと、そのおいしさに思わず声が出てしまった。

「うわぁ……、おいしい……っ！」

お茶を差し出すグルナは、口元を微かに歪める。どうやら、これがこの男の笑い方らしい。

「自慢の羊肉です。お口に合って、よろしゅうございました」

口ぶりからすると、この男が料理を作ったのだろうか。

昨夜からなにも食べていなかったソラは礼を言うのも忘れて、ひたすら食べ続けた。しばらく食べたあと、子供のようにキラキラ光る顔をグルナに向ける。

「おいしいです。すっごくおいしい！　お肉がトロトロで、野菜がシャキシャキしてて、いくらでも食べられます」

「おかわりもございますので、ぜひどうぞ」

グルナもソラの無作法とも言える態度に気を悪くするどころか、むしろ気に入ったと言わんばかりに、満足そうに小さく頷く。

ざくざく切られた野菜と、その野菜を覆いつくす肉汁たっぷりの大きい羊肉。肉と野菜を包み込む真っ白なパン。肉の上にかけられた塩味のソースに至るまで絶品だった。

食事の途中、部屋の扉が少しだけ開かれて、誰かが覗いていることに気づく。グルナも気がついているようだったが、なにも言わない。どうやら神官のひとりが、扉の向こうから様子を窺《うかが》っているようだ。しかし、ソラが食事に夢中だとわかったらしく、静かに立ち去っていった。

食事を終えたソラは、子供っぽく満足の溜息をつく。普段は小食だし、家が貧しいこともあって、満腹になるほど食事をしたことはない。だが今日は残さず食べた。お陰で満腹すぎて、苦しいぐらいだ。

「ごちそう様でしたっ。おいしかったぁ」

なんとも年相応で元気な挨拶に、グルナがまたもや口元を歪めるようにして笑った。どうやら物も言わずに食事に集中し、ぺろりと平らげたソラに気をよくしたようだ。

「お粗末様でございました」

ソラは差し出された熱くて濃いお茶を、ひとくち飲んだ。蜂蜜が入ったお茶は熱い牛乳で淹れてあるらしく、濃厚でスパイスの香りがする。こんなお茶、初めて飲んだ。

「おいしいです。すごくおいしい」

「それは、ようございました」

グルナは目を細め、身を屈める。そして小さく折りたたんだ紙片を、テーブルに置いたソラの手の中に差し込んだ。

「え?」

びっくりして顔を上げると、グルナは視線を扉のほうへと向けながら、低い声で囁いた。

「どうぞお静かに。あの方からのご伝言です」

そう囁かれて、きょとんとしてしまった。あの方。あの方からご伝言って。

「今夜は三日月です。月光の元、翡翠は美しく輝くでしょう」

「翡翠……っ」

グルナはもうなにも言わずに食器を下げ、来た時と同じようにワゴンに載せて出て行ってしまった。ソラがハッとして扉まで追いかけると、微かに人の気配がした。扉に耳をぺったりつけて様子を窺うと、グルナ以外の誰かがいる。

「花嫁様のご様子は」

「食欲もおありだし、瞳も健康そうだ。問題ない」

ひそひそとした会話に、グルナが誰かにソラのことを報告しているとわかった。そう思った瞬間、ぞくっと背筋が寒くなる。

そうだ。自分は監視されている。多分、大祭の当日にソラの首が刎ねられる瞬間まで、誰かが自分を見張っているのだ。

扉の向こうの気配が去って行き、石造りの階段を下りる足音が聞こえて、ようやくソラは、ほーっと息を吐く。

「あ、そういえば……」

でも、グルナはなにを渡してくれたのだろう。先ほどは慌てていたから内容を確認できなかった。手の中に納められていたのは、透かし模様が入った、美しい紙片だった。

『親愛なるソラへ』

目に入ったのは、生まれて初めて目にする言葉だ。『親愛なる』なんて、今まで誰にも言われたことはない。

『きみが心配です。どうしているだろう。酷いことをされていないか、食事はちゃんとしているか。縛られたり、苛《いじ》められたりしていないだろうか』

その一文を読んだ瞬間、なにかが走ったように背筋が痺れた。

——これは、あの翡翠の瞳の人。ジェイド様だ……っ。

直感的にそう理解した。きっとそうだ。ここでソラのことを心配して手紙を寄こしてくれる人なんて、あの人しか考えられない。

『必ずきみを助ける。だから、周りの人間に逆らわず、危害を受けないように身を守ってくれ。グルナは私の味方だから、彼だけは信用していい』

そう書かれているのを読んだ瞬間、驚きで目を見開いた。助けるって、どうやって。

ソラは読み書きが、あまり得意じゃない。家が貧しく、最低限の教育しか受けてこなかったからだ。

だけど必死で、美しい紙に書かれた流麗な文字を追った。

『きみを贄などに絶対にさせない。必ず助ける。だから、きみも諦めないでくれ』

その文字を読んで、首を傾げた。どうして、見ず知らずの人がこんなふうにソラを心配するのだろう。助けるなんて、どうして。

『きみともっと話がしたい。もっと笑ってほしい。きみを幸せな気持ちにさせたい。どうしてこんなことを、初めて会ったきみに言うのか自分でもわからない。だけど、絶対に贄になるなんて言っては駄目だ。どうか約束してほしい。どうしてきみのことばかり考えているのか、自分でもわからない。だけど、これが私の本心だ。きみを幸福にしたい。幸せな気持ちで笑っていてほしいんだ』

書面には名前も書いていない。ただ、文末に頭文字の『J』の文字と、『この手紙は読んだら必ず燃やしてくれ』とだけ注意が記してある。

ソラはその指示どおり、部屋の隅に置いてあったランプを灯した。この火で手紙を燃やしてしまえばいい。

「……あ、でも」

一度は折りたたんだ手紙だったが、もう一度開いて読み返してみる。

『きみを贄などに絶対にさせない。必ず助ける』

必ず助ける。助けるって、――……どうやって。

高い塔に閉じ込められた自分は、次の大祭が来れば首を刎ねられる。そうして神の花嫁となるのだ。そんな自分を、彼はどうやって助けるつもりなんだろう。

ジェイドは、どうしてこんなことを言うんだろう。

どうして会ったばかりのソラに、こんな優しさを示すんだろう。

ソラなんて妹の代役であり、いつ死んでもいい存在なのに。

『絶対に贄になるなんて言っては駄目だ。どうか約束してほしい』

その一文を指でなぞり、思わず苦笑が浮かぶ。

「どうやって約束するんだろう。こんな塔の中にいるのに……」

ジェイドは面白い人だ。こうやって囚われのソラに、約束してくれなんて。約束したか、していないか。そんなの、彼にわかるわけがないのに。

「……っ」

ふいに目頭が熱くなってくる。言いようのない感情の波に襲われているのに、頭の中ではどこか冷静なソラが、どうして涙なんか出るんだろうと自問した。

手の甲で涙を拭い、もう一度だけ手紙に目を落とす。その紙片には、ジェイドの気持ちが詰まっていた。

『きみを幸せな気持ちにさせたい。どうしてこんなことを、初めて会ったきみに言うのか自分でもわからない』

「ジェイド様がわからないことを、ぼくにわかるわけがないし……」

そう呟くと、なんだか悲しい気持ちになってくる。そうだ。ジェイドがなぜ、こんな手紙を寄こすのか、なぜ意味のわからない感情を吐露するのか、ソラに理解できるはずがない。

――……哀れんでくれたのだろうか。

自虐的なことを呟いた途端、気持ちが落ち込んでいく。違う。きっと哀れみじゃない。哀れんだ相手を、幸せにしたいなんて思わない。

偶然に出会った、この国の皇子様。名前しか知らないのに、ソラの心を摑んで揺さぶり続ける人。

忘れていた感情が甦ってくる。人間らしい思いが、どんどん湧き起こってくる。

「あ……、いけない。考えている場合じゃなかった。まず、これを先に燃やさなくちゃ」

ソラは考えることを中断して、ランプに火を灯した。そして、今度は躊躇《ためら》うことなく手紙を火にくべる。

こんなものが、万が一にでも神官に見つかったら大変だ。でも。

せっかくもらった手紙が惜しかった。今までソラに手紙を送る人なんて誰もいなかったから。

「せっかくの、ジェイド様からの手紙だったのにな……」

ぽつりと呟いて、自分の声があまりに虚《むな》しく響いたのに悲しくなる。

手紙をくれた本人自ら、燃やすように指示をしていた。ソラは言われたとおり、行動したにすぎないのだから、自責の念に囚われる必要はない。自分でもそれはわかってはいたが、胸の中に言いようのない淋《さみ》しさが迫る。

高い位置に造られた窓を、精一杯の背伸びをして開けた。そして床に落ちた灰を掻《か》き集め、両手で摑んで窓の外に手を出すと、風に煽《あお》られて紙片だったものが、ふわぁっと舞う。ひらひら散っていくのを、ぼんやりと見つめて溜息をついた。

「あ、そうだ。これ……」

首から下げていた首飾りのことを思い出した。襟元から服の中に隠していた、美しい宝玉。ジェイドから預かった、大切な宝物。

ソラはその宝石に手をやり、そっと大きな石に指を滑らせる。

――自分は、どうしたのだろう。

妹にもしものことがあれば、自分が身代わりになる。それは幼い頃から、ずっと言い聞かされ続けてきた約束事だ。だから妹が急逝したから、納得の上で聖殿に来たのだ。

それなのに、……それなのに、どうしてその聖殿でジェイドに会ってしまったのだろう。

彼に出会ってから、自分は心に迷いが生じている。どこかで、贄になることに疑問を抱き始めている。こんなこと、許されるわけがないのに。

「ジェイド様……」

溜息と共に呟いた言葉は、突然のノックの音で止まった。

グルナが戻ってきたのだろうか。ソラは首飾りを慌てて襟元から服の中へと隠す。

「あの、……どなたですか」

恐々とした問いかけに答えることもなく、扉が開かれる。その開けた人物を見たソラは、驚きで目を見開いた。

「大神官様……っ」

驚きの声を上げるのも、無理はない。扉の向こうにいたのは、大神官アンバーだった。

4

「ソラ。少し話がしたい。いいですか」

アンバーはそう言うと部屋の中に入り、後ろ手で扉を閉めた。突然のことに驚いていたソラは、扉が再び施錠される音に瞳を瞬《またた》かせる。

――どうして、鍵をかけるのだろう。

ソラの疑問は顔に出ていたらしい。アンバーは目を細めて微笑んだ。

「誰にも邪魔をされず、おまえと話がしたかったんです。誰にも入らぬよう申し付けてありますが、念のためにです」

アンバーはなにを考えているかわからない、どこか空恐ろしい光を目に湛えている。

「実は、これをおまえに渡そうと思って」

アンバーはそう言って、懐から布の袋に包まれたものを差し出した。ソラが首を傾げると、彼は自ら紐《ひも》を引っ張り中身を取り出す。出てきたのは、真っ青な硝子の小瓶だ。

「あの、……これは?」

「気持ちを落ち着けるための薬です」

「薬って、ぼくはどこも悪くありません」

「ああ、身体の病という意味ではなく極度の緊張から体調を崩したり、気持ちが高ぶり眠れなくなる子供も多いと聞いていますので」

百年に一度の贄だから、大神官もその扱いに困っているのかもしれない。だから、こうやって心配して、わざわざ部屋を訪ねてくれたのだろう。

(この人は大神官様なのに、ぼくなんかの心配をしてくれるのか。こうやって皆に気を遣ってくれる人なんだな)

ソラは子供扱いされたことに引っかかりを覚えたが、そこは敢えて黙り頭を下げた。

「ぼくは妹と違って、幼い頃から贄としての教育を受けていませんが、大役を滞《とどこお》りなく務め上げたいと思います」

「立派な心がけです。どうぞ心安くお過ごしなさい」

天上人とも言われる、特別な人にそう言われて、胸が熱くなる。大神官ともなれば、平民と交流を持たなくても当然だというのに。

「ひとくち、飲んでみますか。おまえは酷く緊張している。……私が怖いですか」

先ほど初めて顔を合わせた時と同じ質問をするアンバーは、どこか淋しそうな表情だった。彼は、ソラをとても気にかけてくれているのかもしれない。

「い、いいえ。怖いなんてことはありません。あの、仰《おっしゃ》るとおり緊張しているだけです。ごめんなさい」

「謝ることはありません。この薬は、緊張にとてもよく効きます」

アンバーは懐から布を取り出すと、瓶から薬液を垂らし滲《にじ》ませた。とろりとした液体は、甘ったるい香りがして、くらっとする。

「すごい、……花の香り」

ソラがそう言うとアンバーは、その布をテーブルの上に置いた。

「少し強い香りですが、慣れると心地よくなります。気分が悪いなら、窓を開けましょうか」

「い……、いえ。大丈夫、です」

大丈夫と答えたが、どんどん身体が揺らいでくる。なんだか、おかしいなと思いながら、部屋の中央にある寝台に腰かけた。

「すみませ、ん。……ちょっと、座らせてください」

ちゃんと言ったはずなのに、実際のソラの声は途切れがちで、呟くような声音《こわね》だった。それに、いつもなら人前で寝台に座るなんて無作法はしないのに、今日のソラは気にすることもできなかった。ものすごく、身体が怠《だる》い。なぜこんな倦怠感《けんたいかん》に襲われているんだろう。

不意に頭を過ったのは、妹の突然の病だ。妹も、いきなり身体が怠いと言って寝込んでしまい、それから数週間後に亡くなってしまった。

ふらふらになりながら、甦ってくる妹の残像を見たくなくて、ソラは両手に顔を埋《うず》めた。

「大丈夫ですか。そのまま横になったほうがいい」

様子がおかしいので、心配してくれたのだろう。アンバーが親切にしてくれる。ソラは言われるまま、寝台に上半身だけ倒した。横になったほうがいいと言われたが、さすがに大神官が目の前にいるのに、それは失礼だと思ったからだ。

「古くから伝わる話では、贄の少女を大神官が慰めてあげたという話があるのを、おまえは知っていますか」

「慰めて……？　ええと、それは、どういう意味でしょう、か。……どういう意味」

ソラが朦朧《もうろう》とした答えを返しても、アンバーはまるで気にしていないようだ。

「意味はありません。ただ、贄の少女は清らかであることを求められるため、女としての喜びを知らぬまま神に召されるのは可哀想《かわいそう》だということらしいです」

（女としての喜び？　それって、なんのこと。……なんの、こと）

「私はおまえが気に入りました。凡庸だが繊細な表情が、実にいいです」

アンバーがなにを言っているのか意味がわからず、ソラは何度も瞬きをくり返した。視界がどんどん狭まり、音は不思議と撓《たわ》んで聞こえる。安静にしているのに、体調はおかしくなるばかりだ。

なぜ、こんな急に身体の力が抜けて、目の前がチカチカするんだろう。大神官様が目の前にいるのに。ちゃんとしなくちゃ、いけないのに。

アンバーがこちらに近寄ってくるのが、目の端に映る。彼は先ほどテーブルの上に置いた布を手にしている。

「おまえは数百年もの間続く、我が国の礎となる贄の家の末裔《まつえい》。汚すことは叶わないが、死ぬその日まで可愛がってあげましょう」

（布。さっきの。なんだか、匂いが、きつい）

きつくて、噎《む》せ返るような花の香り。ソラの頭をおかしくさせる、魔の匂い。

（だめ、だ。窓を、開けて。窓、……開けて……）

鉛《なまり》のように重くなった頭を、必死で上げた。するとアンバーがその布で、ソラの鼻と口を塞《ふさ》いでしまった。

「ん――……っ」

先ほどまでソラを悩ませていた濃厚すぎる芳香が、噎せ返るほどに鼻腔を刺激する。その匂いのキツさに、息ができなかった。

「苦しいですか。可哀想に。楽になりたかったら、もっと大きく息を吸いなさい」

唆《そそのか》す甘い声が聞こえた。ソラはもう、苦しくて苦しくてアンバーがなにを言っているのか、意味がわからない。わからなかったけれど、言われるがまま大きく息を吸った。すると頭の中が大きく揺れ動き、ざぁっと極彩色の幻影が脳裏に満ちる。

もがきながら、なんとかアンバーの手を外して息を吸い込む。新鮮な空気のはずなのに、更なる眩暈《めまい》が誘発された。

「し、神官様、や、やめてくださ……っ」

「私はおまえが気に入りました。これから大祭の日までおまえを可愛がってあげよう。ああ、安心しなさい。けして痛い思いはさせません。大祭に捧げるのは純潔な花嫁の血。必要なのは巫女と同じく清らかな身体。おまえを穢《けが》すような真似はしません」

アンバーは優しい声で囁くと、ソラの衣服を下から捲《まく》り上げて、脱がそうとする。

「い、いや、さわらないで……っ」

「怖がらなくていい。おまえには、贄の作法を教えてあげましょう。神の花嫁は慎み深く従順に、その身を捧げるのです」

アンバーの掌《てのひら》は剝《む》き出しになった皮膚を撫で、そのまま下着の中に潜り込み性器を掴む。

「やめて、いや、いやだ、こわい……っ」

「怖い？　怖いことなんか、なにもありません。さぁ、力を抜きなさい」

ソラは身体を寝台に押しつけられて、身動きひとつ取れない。するとアンバーは更に性器を握り締めた。

「やぁ、いや……っ」

震える声で哀願すると、笑いを滲ませた声で封じられる。

「しー……。静かに。おまえを傷つけたりするものか。おまえは神の御許《みもと》で、永遠の幸せに震える、選ばれた花嫁なんですから」

そう囁かれたのと、性器を摑む手が緩やかに動いたのは同時だった。朦朧としながらも、必死で拒もうとしたが、反対に押さえ込むように抱きしめられる。

叫ぼうと思った。でも、誰も来てくれないのもわかっていた。ここにいるのは、聖殿の中で誰もが平伏する大神官だ。ソラの叫び声など、誰もが無視するだろう。

例え、ここでソラが殺されたとしても。身体をバラバラにされたとしても、誰も気にしないし、誰もアンバーを罰したりしない。ここは、そういう世界だ。

誰もソラを求めていない。ソラがいなくなっても、誰も悲しまない。両親は次の世代に繋ぐ子供達を産み育て、また新しい贄が誕生するのだ。何百年経とうと、なにも変わらない。

――……だって、自分はいらない子だもの。選ばれた人達とは、違う。そう、ジェイドみたいな人とは。

（ジェイド……）

優しくて品がよくて、初めて会ったソラのことを、本気で気にしてくれた人。あの人が微笑むと、空気が変わるみたいだった。

（あれは。ジェイド様の石は。どこにやったっけ。首にかけてもらって。それから、それからどうしたっけ）

ジェイドから預かった大きな翡翠の石のことが突然、頭を過る。

（頭が溶けそう。どうして。どうして、なにも考えられない。こんな。どうしてこんな。どう

してどうして。気持ちいい気持ち悪い気持ちいい。ああ。頭が蕩《とろ》ける）

薬に酔った頭で必死に考えたけれど、はっきりと思い出せない。あの石を身につけているのか、つけていないのか。そんな単純なことさえ、わからなかった。

（どうしようどうしよう。ジェイド様の首飾り。ぼくのためにぼくのためにぼくのために。あれを隠さなくちゃ誰にも見つからないところに隠さなくちゃ隠さなくちゃ）

同じ単語がぐるぐる回る。異常な事態が起こっているのに、ソラは必死でひとつのことを考え続けた。

もしもアンバーが、ジェイドの翡翠を見たら。この首飾りが見つかってしまったら。

きっと、ジェイドになにか悪いことが起きるに違いない。

「や、ぁ……っ、だ、め……」

無意識だったけれど、ソラの唇から苦しそうな声が零れる。こんな状況なのに、頭の中はジェイドのことでいっぱいになってしまったからだ。

ジェイド様を守る。ジェイド様を助ける。

現実のソラは、なにもできない。なんの力も持っていない。それなのに恍惚《こうこつ》に溺れそうになりながら、懸命にジェイドを守ろうと考えていた。

正常な人間から見たら、薬に酔ったソラは滑稽《こっけい》だったろう。ただ子供のように切望するだけの愚かな存在だったろう。だが自分がどれだけ酩酊《めいてい》状態であっても、ソラは無我夢中でジェイドを守っているつもりだった。

「どうしました。急に身体を硬くして。薬が足りないのですか。もっと足してあげましょうか。これは口から飲んでも、素敵な夢が見られるらしい」

ソラの顎を持ち上げようとするアンバーの声で、意識が飛びそうになっていたソラは、必死でそれを阻止しようと身体を起こす。

逃げられるはずがない。もう、自分はこの男の手の中にいるのだ。

そうだ。逃げられないなら、もう、これしか手がない……っ。

ソラは必死になって、アンバーの胸にしがみついた。

「だ、大神官様……っ、もっと、もっとしてくださ……」

ぎこちない媚態《びたい》を演じると、アンバーが笑う気配がする。頭がグラグラしたけれど、それでも懸命にしがみつく。自分の服を全て脱がせないために、死に物狂いだった。

「もっと気持ちよくなりたい、おねがい、して……っ」

思いがけず、ソラが淫らに振る舞ったのが気に入ったらしい。アンバーはソラの身体を膝の上に乗せると、細く長い指をソラの性器に絡みつかせてくる。

「やぁ、ぁ……っ」

ジェイド。あの人だけは巻き込みたくない。

自分のように下賤な者なんかと、なんにも係わりがない人なのだから。

あの人を守りたい。

揺らぐ幻覚の中で、その思いだけが過った。自分はどうなってもいい。でも、ジェイドは、あの人だけは守りたい。

この国の皇子。自分とはあまりにも身分の違う、初めて会った人に、どうしてこんな感情を抱くのか自分でもわからない。わからないけれど、真実の気持ちだった。

失うものがない自分にできるのは、こんな卑しい真似だけだ。でも、卑しくてもいいと思った。どんなに汚らわしくても、それでいい。

「あ、ゃ、いや、ぁああ……っ」

アンバーに抱き竦められ、性器の先端を擦られて微かな声が出る。揺れる身体は本当に淫らになったみたいで、いやらしく震えた。

「やだ、やだぁ、あ、ああ、……ん、んん……っ、ああ、ふ……っ」

先ほどの小瓶が、顔の傍に近づけられる。その途端、戻りかけていた理性が、がくんっと崩れ落ちるように乱れた。

溺れる、溺れる。溺れちゃう……っ。

幻覚の中で水に溺れ、必死にもがいた。水に溺れた経験どころか、大きな沼さえ、聖殿に来るまで見たこともなかったのに。なぜか池か沼、もしくは大海の中で溺れている幻覚に囚われていた。

そのソラの身体を抱きかかえ、アンバーは耳元で囁いた。

「ジェイドと会った時、彼はなにも言いませんでしたか」

「あ、あ、あああ……、しら、な、知らない……っ」

「本当に？　本当に彼は贄のことも知らないで、贄であるおまえと会って驚いていたというんですか。未来の王となり国を担う者が？　……はっ、なんて滑稽なんだ」

吐き棄《す》てるような言葉の意味がわからず、ソラは何度も頭を振った。

ジェイドのことを訊《たず》ねた時、彼は『初めて聞く名前です。その方が、どうしたのですか』と言ったのに。やっぱり、彼のことを知っている。

なにより、これだけ瓜《うり》ふたつなのに赤の他人なわけがない。きっとソラごときに言うべきでないと判断したのだ。

「あぁあ、んん、いや、ぁあ、あああ、ああ」

考えようとしたけれど、アンバーの淫らな指と甘ったるい香りが、全ての思考を乱れさせる。

ソラはもう、アンバーの首に縋《すが》りついて泣き声を上げるばかりだ。

「やぁ、あ、あああ……っ」

ソラの叫びを聞いても、アンバーは全く表情を変えない。感情の全く見えない顔で、ソラの性器を弄《いじ》くりまわしている。

「いや？　そう。嫌なんですね。でも、おまえの性器からは、ひっきりなしに蜜が溢れている。

いやらしい子だ。嫌と泣きながら、こんなに濡れているなんて」

性器を揉み込まれて、悲鳴を上げる。

こんなことをされて嫌なはずなのに、どうしても身体が反応してしまう。

その罪悪感と背徳感が入り交じった感覚は、言いようのない感情を呼び起こす。

こんなの、間違っている。こんなの、いけないことだ。

聖殿の塔の中で大神官に抱きかかえられ、自分は一体、なにをされているんだろう。

「やぁ、あ、ああ、もう、もうやだぁ……っ」

静謐な空気の中で、自分の淫らな吐息と、いやらしく濡れた音だけが大きく聞こえる。

こんな無体なことを強《し》いているのに、アンバーは全く乱れることもない。乱れる吐息の中で見えた彼の瞳は、冷酷と言っていいぐらいに冷めていた。

「ああ、あああ、ああ、あああぁ……っ」

覚えのある快感が背筋を這《は》い登る。晩生《おくて》のソラのひとり遊びなど凌駕《りょうが》する、後ろめたい悦楽が、波のように襲ってきた。

理性では、絶対に駄目だとわかっているのに、身体はこの刺激に耐えられなかった。ソラは抵抗することもできず、大きく仰《の》け反り、いやらしい白濁を吐き出す。

絶頂を極める瞬間に脳裏を過ったのはアンバーと同じ顔をした、でも比べ物にならないぐらいソラの気持ちを惹きつけている人。……ジェイド。

ジェイドだったら。あの優しい人が抱きしめてくれているのだったら。どんなにか嬉しかったろう。どんなにか心地よかったろう。

しかし、そんな空想を嘲笑《あざわら》うかのように、ソラを抱きしめているのは、アンバーだった。

「もう、駄目ですか。淫らな贄め。堪《こら》えることひとつ、できないのですね」

意地の悪い囁きに、また身体が震える。アンバーは冷たいばかりだ。

「やぁ――……っ、やぁ――……っ」

この国で、一番の聖域と言われる聖殿の中。一糸も乱れず、冷酷な瞳で自分を見下ろす大神官の手で。

哀れなソラは、いやらしく身体をくねらせて、淫らに何度も吐精してしまった。

□□□

アンバーに追いつめられて、ソラは散々射精させられ、しばらく身動きも取れなかった。息を乱しながら、のろのろ身体を起こす。

「まだ薬が効いています。横になっていなさい」

声をかけられて顔を上げると、ソラを汚した男に見下ろされていた。アンバーは超然とした様子で、ひとつも乱れたところがない。自分ばかりが、いやらしく喘《あえ》いでしまったことが恥ずかしくて、真っ赤になった頬を寝台に押しつけた。

アンバーはソラの様子を見て満足げに微笑むと、先ほどの薬液の入った小瓶を枕元に置いた。

「健常者には渡せないほどの強い薬だけど、おまえは贄になることが決まっていますから、好きに使いなさい。贄は大祭の日まで恐怖との戦いです。怖くなって眠れなくなったら、これを使って楽しい夢を見るといいでしょう」

聞こえはいいけれどまともな人間ならば、けして言えない言葉を吐いて、アンバーは部屋を出て行った。彼の去っていく足音をぼんやりと聞きながら、ソラは置かれた小瓶を見つめた。

(楽しい夢……。要するに、薬で酔っ払っていろということかな……)

身体はまだ痺れたままだったけれど、頭は酷く冷静だ。大きな溜息をついて敷布に顔を埋める。

……大神官様は、どうしてあんなことを自分にしたんだろう。

思い返すと恥ずかしくて、また顔が真っ赤になるのがわかる。ソラは、ふらつく身体を支えながら寝台に座り込んだ。

「でもこれが見つからなくてよかった」

先ほどはジェイドの首飾りが見つかると思って、大胆にもアンバーに抱きつき誘惑の真似事をした。薬で朦朧としていたとはいえ、どうしてあんな淫らな真似ができたのか。

あの香りを嗅《か》いだ途端、身体が熱くなって、頭が蕩けるみたいになってしまった。

今さらながらに使われた薬の恐ろしさを思い知る。アンバーは好きに使っていいと言ったが、そんな恐ろしいことはできない。

怖かった。

こんな強烈な薬も、その危険な薬を平然と使うアンバーも。

ソラは大きな溜息をつくと、また寝台に潜り込んだ。そして冷たい敷布に頬を寄せる。

すごく怖くて、すごく気持ちが悪かったのに、——すごく気持ちがよかった。

頭がおかしくなるような快楽に溺れて、何度もアンバーの指で蕩けた。あんなに恥ずかしかったのに、とろとろになって、熱く滾《たぎ》った。

ぜんぜん好きでもない人だったのに、頭がおかしくなるぐらい気持ちがよかった。蕩けて消えてしまいそうに感じた。もっともっとと際限なく泣いたのが記憶に残っている。

アンバー様なんて、好きじゃない。いや、むしろ……、怖い。恐ろしい。

あの人の冷たい瞳。なにを考えているか、全くわからない微笑。静かな声。どれもがソラにとって、怖くて怖くて仕方がない。

抱きしめていたのがアンバー様じゃなくて、……ジェイド様だったら。

そう考えた瞬間、顔中から火が噴き出しそうになった。

「な、なにを、……ぼく、なにを……っ」

独り言にしては大きな声を出してしまい、その大声で更に恥ずかしくなる。自分は、どうしてこんなことを考えたのか。

ソラはぐらぐらと身体が揺れているのに耐えながら寝台を下りたその時、ノックの音が響いた。

またしてもアンバーが戻ってきたのだろうか。ソラが身体を硬くした瞬間。

「失礼致します」

扉は再び外側から開かれ、顔を見せたのはグルナだった。

「あ、グルナ……」

予期していなかった顔を見て、ソラが安堵の溜息をつこうとする。だが、グルナは予想していなかった言葉を吐いた。

「ソラ様。お迎えに参りました」

「え？　お、お迎えって……」

嫌な動悸《どうき》が胸を打つ。まさか。まさか贄となるための迎えだろうか。まだ大祭まで日数があるはずなのに、どうしてこんなに早く。

動揺が顔に出ていたらしい。グルナはソラの顔を見て、安心させるように口元を歪めた。ちょっと特徴はあるが、印象的なグルナの笑顔だ。

「申し訳ございません。言葉が足りずに、ソラ様を不安な気持ちにさせてしまいました」

グルナは床に片膝をつくと、ソラに向かって深々と頭を下げる。

「あ、いえ。グルナ、頭を上げてください」

だがグルナは姿勢を変えず、真っ直ぐにソラを見据えた。

「いいえ。不用意な物言いで、ソラ様を怖がらせてしまいました。お詫びを致します。私の主人が参りましたので、お迎えに上がりました。殿下がただ今、大聖堂でソラ様をお待ちになっておられます」

思いもよらなかった言葉に瞬きをくり返す。

「え? で、殿下って、……まさか」

「はい。ジェイド・アムレートゥム・イムベリウム殿下が、ソラ様をお迎えにいらっしゃいました。どうぞ、お支度をお願い致します」

5

グルナに連れられてソラが大聖堂に向かうと、そこにはたくさんの騎士達と神官が並んでいた。

両脇に、ずらりと居並ぶ男達に見守られながら、ソラは大聖堂の中をゆっくりと歩いた。鉢型の天井には色硝子が嵌め込んであり、光を反射して美しい。

そして一番奥の祭壇の傍に立つのは――……。

「ソラ、よくぞ無事だった……っ」

思案げな顔をしていたジェイドはソラを見た途端、両手を広げて華奢な身体を抱きしめた。

「あ、あの……っ」

「不自由はなかったか。心配で仕方がなかった……っ。ちゃんとした扱いはしてもらっていたか？　まさか、牢屋に閉じ込められていたとかではなかったろうな。食事はどうした」

「え？　いえ、出入りの自由はなかったけど、綺麗な部屋を与えてもらいました。あの、それより気になっていたって、どうしてですか」

グルナを横目で見ると、彼は表情を全く変えずに真っ直ぐ前を見つめている。だけど、雰囲気がどこか張りつめているようにも感じる。

「どうして、――――どうして会ったばかりのぼくを、そんなに気にしてくれてたんですか。だって、ぼくなんか」

この問いには、ソラの甘えが交じっていた。

たった一度だけ会ったジェイドに、ソラは心配されているのだと信じたかった。ぼくを救うために、ジェイド自ら再びここへ来たのだと言ってほしかった。

そんな答えを、心のどこかで期待していたけれど、返ってきた答えは期待したものとは違っていた。

「贄などと言われて、気にならないほうがどうかしているだろう」

真摯《しんし》な、でも、肩透かしをくらったような答えに、ソラは恥ずかしくなる。

どうして自分が求められていたなんて、考えたんだろう。こんな立派な人が、自分なんかを求めるわけがないのに。

「あ……。そ、うですか……」

「こんな小さな子が贄と言われ、あまつさえ大祭で身を捧げるなんて……。人道的に許されることじゃない」

――――人道的。……人道的、かぁ。

博愛的な言葉に、ちょっとだけ力が抜ける。ソラだから求められていたわけじゃない。人道的に見逃せなかったから、だから心配してくれたのだ。

（そっか……。そうだよね……）

誰が贄となって幽閉《ゆうへい》されていても、それを知ったらジェイドは心配して、グルナに伝言を頼んだりわざわざ迎えにきてくれたり、するのだろう。

手渡された手紙のことが甦る。綺麗な便箋。美しい文字で認《したた》められた、優しい言葉。あれは別にソラじゃなくても、他の人でも、同じように受け取れた手紙なんだ。ジェイドは優しい人だ。愛情深くて、どんな人にも慈悲の心で接するんだろう。それは、すごい。すばらしいことだけど。でも。でもでも。

――贄になっているのがソラだから心配だったたって、言ってほしかった。

『ソラのためだよ。きみを助けるために、私は来た』

ジェイド様がそう言ってくれたら、すっごく幸せな気持ちになったろうなぁ……。

ソラの子供っぽい、だけど、とても素直な気持ちは表に出されることもなく、胸の奥で萎《しぼ》んでしまった。

「虐待や拷問はないにしろ、なにか酷い目に遭ってはいなかったか」

そう言われて脳裏を過ったのは、アンバーとの淫らな出来事だ。だが、あんなことをジェイドに言えるわけがない。

「虐待なんか、されていません。あの、それに」

「拷問など、滅相もないことでございます。ジェイド・アムレートゥム・イムベリウム殿下」

その時、背後から、よく通る声がソラの話を遮《さえぎ》った。あ、と思って振り返ると、アンバーが大聖堂に入ってきたところだった。彼は後ろに二人の神官を従えている。

「アンバー……」

ジェイドはソラを抱きしめていた手を放し、アンバーへと歩み寄る。するとグルナが神殿の隅に並んでいる神官と騎士達に声をかけた。

「殿下は大神官殿と内密のお話があるとのこと。皆様、廊下までお願い申し上げます」

グルナの言葉に、神官達はざわめいた。だが騎士達は異を唱えることもなく頷き、無言で全ての神官達を誘導して廊下へ出る。グルナは警備のためか扉の傍に立ちはだかり、外を真っ直ぐ見つめていた。

神殿の中には、ジェイドとアンバー、そしてソラの三人だけになってしまった。

「どうぞ、こちらに」

アンバーは素っ気なく言うと、内陣と呼ばれる上座へと向かった。

そこは神殿の中でも極めて聖なる場所であり、通常、一般人が立ち入ることを許されない。聖櫃《せいひつ》を安置するための、聖職者専用の空間とされている。聖堂の中でももっとも聖域といっていい空間だ。

内陣に辿《たど》りつくとアンバーは振り返り、「ここなら、ちょうどいいでしょう」と言った。そして戸惑った様子のソラとジェイドを見る。

「神官達は普段、外界との繋がりを抑圧されているせいか、物見高い者もいます。万が一にも、話を立ち聞きされるのは好ましくない」

そこまで話すとジェイドを見つめ、改めて頭を下げる。

「神々の祝福を、一身にお受けになられているジェイド殿下。私のような者に、お話とはなんでしょう」

アンバーの言葉を聞いてジェイドは眉を顰めると、いきなり片膝を床について跪《ひざまず》き、アンバーに向かって深々と頭を下げた。

「大神官殿。……いや。アンバー、会いたかった……っ」

震えを押し隠した声でそう言うと、更に深く頭を下げる。

「生まれてから二十七年もの間、たったおひとりで今までよく耐えてこられた。私がのうのうと生きていた代わりに、あなた様が辛酸《しんさん》を舐めてこられた。すまなかった。我が弟よ……っ」

その言葉にソラは息を呑み、思わず口元を押さえた。

――弟……っ。やっぱりジェイド様とアンバー様は、血が繋がっていたんだ。

二人の姿かたちは見紛うほど似ているのだから、よもや他人とは思っていなかった。だが改めて弟と言われソラは動揺を隠せなかった。

ジェイドは目の前に立つアンバーの衣の裾を取り、自らの唇を押し当てる。

「我が愛しき弟よ。敬愛と親愛の接吻をさせてはくれないか」

ジェイドが言うとアンバーは、深々と頭を下げた。

「畏れ多いことでございます。ジェイド殿下」

「私を殿下などと呼ぶなっ」

素っ気ない一言を返すアンバーをジェイドは一喝し、きつい眼差しで睨みつける。それは敵意や憎しみからではなく、悲しみを堪えた、やり場のない苛立ちからだとソラは察した。

(ジェイド様……っ)

「おまえは私を、兄と呼ぶことはできないだろう。呼びたくもないに違いない。だが殿下と呼ぶな。……呼ばないでくれ……っ」

ジェイドは立ち上がると、アンバーを引き寄せ強く抱きしめた。

悲痛な声に、ソラの胸が苦しくなる。二人の間にどのような確執があるのか計り知れないが、ジェイドはアンバーに対して狂おしいほどの後悔と、哀情を抱いているようだ。しかも二人は、今まで互いに会ったこともなかった様子だ。

他人にはわからない深すぎる溝が、彼らの間には歴然と存在していた。

「申し訳ございませんでした。私はあなた様がむしろ、健やかに過ごしておられるのを噂に聞くのが、なによりの楽しみでした。お会いしたかった。……兄上殿」

「アンバー……っ」

ジェイドは兄上と呼ばれ、感極まったように再びアンバーを抱きしめた。

「兄上殿。本日は、国王陛下の書状をお持ちくださったとか。話は尽きませんが、まずその書状についてお伺いしたいです」

冷静なアンバーの言葉にジェイドはようやく顔を上げる。その瞳は、涙に潤んでいた。

「すまない。おまえに会えた喜びで、つい。……書状というのは、大祭について申し立てることがある。百年に一度、贄の家と言われる家庭の少女を殺害するという話は、誠《まこと》か」

アンバーは贄のことをはっきり言われても、全く動揺する様子を見せなかった。そして、ソラに視線をくれようともしない。

「贄……。ああ。古い文献には、そのような伝説が記されておりますが、私が大神官を継承した際には、既に廃《すた》れて久しいと聞き及んでいます。確かにソラの家は、古来から巫女を輩出していた家系というのは記憶しておりますが、贄などと……。そのような不気味な話は、失礼ながら戯言《たわごと》としか」

その言葉を聞いて、驚いたのはソラだ。不安げな表情で目の前にいる二人を見つめると、アンバーは目を眇めてソラを見つめてくる。感情の見えない、冷ややかな眼差しだった。

「確かに、ここにいるソラは、贄と呼ばれるた巫女の末裔。大祭では巫女を務めてもらうよう、頼んではございます。巫女役になるはずの妹君が、痛ましくも亡くなったと聞いておりますが」

「巫女……。生贄ではないのか」

ジェイドの言葉に、アンバーは困ったような笑みを口元に浮かべる。それは、子供の悪戯《いたずら》に困り果てる年長者のような表情だった。

「生贄ですって。おお、なんて恐ろしい。聖殿では家畜の殺生さえ禁じているというのに。ソラは、なにか夢でも見たのではないのですか」

アンバーのこの言葉に、ジェイドは目に見えて安堵の表情を浮かべた。

「では、なにもかもが誤解だと」

「確かに。この命を賭《か》けましても」

頭を低く下げながらそう言うアンバーに、ジェイドはきつい口調で問いかける。

「では。贄と呼ばれているソラを私が連れ帰っても、問題はないのですね」

その問いかけにアンバーは頷くばかりだった。

「もちろんでございます。聖殿はどうやら、少年には窮屈《きゅうくつ》なところのようですね」

宥《なだ》めるような声で言われて、ソラは顔が真っ赤になった。これではソラが大祭を疎んで、でたらめを言ったかのようだ。

「あ、あの、そうじゃありません。ぼくは」

そこまで言いかけると、ジェイドが目配せをしているのに気づいた。まるで、わかっているから、なにも言うなと諭《さと》されているようだ。

「ぼくは？　ソラはなにを言いたいのですか」

アンバーに問われたが、これ以上ここで言い争ってはいけないと察したソラは、顔を上げた。

ここは聖殿。ソラは自分がなにを言っても、誰にも信用してもらえない立場だ。

そう、例えアンバーが自分にしたあの行為さえ、きっと正当化されるか誤魔化されてしまう。

ここは聖殿。大神官であるアンバーの存在自体こそが、正義なのだ。

「ソラ。どうしたんだ。言いたいことがあるなら、ちゃんと言いなさい」

ジェイドは口ではそう言うが、その瞳は意味ありげに眇められている。そんな瞳で見られて、これ以上なにか言うことはソラにはできなかった。

「……いえ。なんでもありません」

呟くように言うと、ジェイドはソラの手を握り締めてアンバーに向き直った。

「それでは、この少年の身柄を私が預かりましょう。意義の申し立てがあるのなら王宮に。今日のところは失礼する」

ジェイドは「グルナ」と声を上げた。扉の傍に立っていたグルナはすぐにこちらに歩み寄り、ジェイドの傍に膝をつく。

「この少年を外に。本日、王宮に連れ帰るので支度をさせてくれ」

「かしこまりました」

グルナはソラの肩を抱くようにして、出口に向かった。扉の前でソラが振り向き様に見たものは、アンバーを再び強く抱擁《ほうよう》するジェイドの姿だった。

――ジェイドは、本当にアンバーを愛しているんだ。

若き皇子の切ない思いに触れて、胸が締めつけられる。だが、次の瞬間。ソラは身体が凍りつくように固まった。

アンバーはジェイドに抱きしめられていたが、凍りつくような眼差しをしていた。そして、それを見ていたソラに気づくと、唇の両端だけ上げて微笑んだ。

なまじ整った容貌《ようぼう》をしたアンバーの冷ややかな微笑は凄みがありすぎて、ソラの瞳にはより恐ろしいものに映った。

禍々《まがまが》しいその姿はソラの身体を凍りつかせる。

まるで、忌まわしくも美しい、人を惹きつけてやまない蛇蝎《だかつ》のようだった。

6

「ジェイド殿下、お戻りでございます」

城の前に立つ門番が、大きな声を上げる。すると、城の周りを囲む堀にかけられた橋が下ろされた。そこでようやく、ジェイドとソラが乗った馬車が中へと入れるのだ。

「すごい……。ぼく、お城の中に入るなんて初めてです」

吐息と共に零れたソラの賛美を、ジェイドは「そう」と言ったきり、特になにも言葉を返さない。ただ曖昧《あいまい》とも言える微笑を浮かべただけだ。黙って窓の外に目を向けるジェイドを見て、この人は全く違う世界に生きているのだと、つくづく感じた。

ソラの育った家は贅沢とは無縁だった。無縁どころか、貧しさを極めていた。妹だけは下にも置かぬ扱いで育てられたが、ソラなどは学校に通うことも両親に遠慮しながらだった。

食べるものも粗末だったし、楽しみなど、なにもなかった。家の裏にある野原で兎を飼っていたが、それも他の人間には知られないよう気を遣った。兎なんて見つかったら、たちまち食べられてしまうからだ。

ソラの家も貧しかったが、周囲の家も同じように貧しかった。誰もが同じような貧困の中で暮らしていた。でも不満はなかったし、それが当然だと思っていた。

「ソラ、どうした？　さぁ、城に着いたよ」

優しい声に囁かれて顔を上げると、石造りの頑健な城が目の前に広がっていた。あまりに巨大すぎて、首を仰け反らせても、まだ全容が見えない。

「あ、あの……」

思わず声が震えてしまう。だって、こんなに大きなお城なんか見たことがないから。これから自分がこの中に入るなんて、想像もつかない。

完全に怯えきっているソラにジェイドは微笑み、きゅっと抱擁してくる。優しく抱きしめられると、それだけで頬が真っ赤になった。

「古くて、あちこちが錆《さ》びついている城だが、きみに気に入ってもらえたら嬉しいよ。さぁ、行こう。両親が待っているんだ」

ジェイドの両親とは、国王陛下と王妃のことだ。泣きたくなった。自分のように、なにも知らない田舎者と会わせてどうするというのだろう。

「あの……、ところでグルナは、どうして一緒に来なかったんですか」

聖殿の中で唯一、ソラの味方でいてくれた青年。彼は自分達と一緒に来ないで、聖殿に残っていた。それが密かに気になっていた。だが、ジェイドは気にする様子もない。

「グルナは近衛隊《このえたい》だったんだ。だが、勤務中に大きな怪我をして、もう働けなくなってしまったときに、神官になりたいと相談を受けてね。それから聖殿で働いていたのだけど、ちょうど贅の話をソラから聞いて様子を見てやってくれと頼んだのだよ。腕も立つし、とても誠実な男だから」

そういえば、グルナには身体的な障害があるように見えた。あれは大きな怪我の、後遺症だったのか。

「そうですか。ぼく、グルナにお世話になったのに、ろくに挨拶もできませんでした」

「きみはグルナのことになると、よく喋るね」

「え?」

大きく目を見開くと、ジェイドは眉を顰めて窓へと視線を移した。

「いや。なんでもない。ほら、お迎えが来た」

ソラが窓へと視線を移すと、大きな城の前には美しい煉瓦《れんが》が敷き詰めてあり、何人もの従者が頭を下げてジェイドを迎えていた。その中に、若く、美しい女性が立っている。

「おかえり、ジェイド。今日もよい一日だったようだな」

その女性は男性のような言葉遣いだったが、もの凄く見目麗しい人だった。すらりとした体《たい》軀《く》と、目を瞠《みは》るほどの細い腰、そして豊かな胸をしていた。ジェイドと同じ色の銀髪は、細かく編み込まれ、結い上げてある。扇情的とも言える美貌と肢体に、ソラはドキドキして思わず俯いてしまった。

(すごく綺麗な人。ジェイドのお姉さんかな)

慌てて貴婦人に向け頭を下げたソラの耳に聞こえたのは、思いも寄らないジェイドの挨拶の言葉だった。

「母上、ご紹介致します。こちらはソラ。贄の家のものです。ソラ、こちらは私の母上、ペルラ妃殿下だ」

その紹介にソラは驚いて、何度も瞬きをくり返す。若くて美しい彼女は、とてもジェイドの母親には見えない。

「ええっ！　こんなに若くて綺麗な人が、ジェイド様のお母さん？」

ジェイドの母親であると同時に、このイムベリウム国の妃殿下である。その人がこれほど若々しい、美貌の持ち主とは。ソラでなくても驚くだろう。

ソラの『若くて綺麗な人』の一言に反応したのは、ジェイドではなく、その母親であるペルラだった。初めは少し眉を顰めてソラを見ていたが、屈託《くったく》のない賛美の言葉を聞いた瞬間、片方だけ眉を上げて笑みを浮かべたのだ。

「可愛らしい子だ。小さい子は嫌いだけど、この子は実に可愛い」

ペルラはそう言うとソラの傍に立ち、その顎を持ち上げる。

「少し日に焼けているけれど、そこもいい。ジェイド。この子は、わたくしに戴《いただ》けるのか？」

男性のような口調でそう聞く貴婦人に、ジェイドは笑って「いいえ」と答える。

「お気に召して頂けてよかった。ですが、この子は私の客人ですので、母上のお相手は遠慮させてください」

「なんだ、くれないのか。けちだな」

ジェイドの答えを聞いて、貴婦人は残念そうに唇を尖《とが》らせる。その表情も薔薇《ばら》色の頬も、こんな大きな息子がいるようには見えなかった。

「残念だ。わたくしの物なら、一日中でも着せかえ遊びができるのに。肌も髪も綺麗だし、なにを着せてもよく似合うだろう。ああ、残念だ」

貴婦人はなにやらブツブツと呟いていたが、「ああ、そうだ」とジェイドを見つめた。

「ジェイド。陛下にお戻りのご報告をしなさい。なにか話があると言っていたぞ」

「はい。ソラ、きみもおいで。父に紹介したいんだ」

そう言われて、ぎょっと息を呑む。ジェイドの父親というと、このイムベリウム国の国王だ。とんでもない話にソラは大慌てで両手を振った。

「こ、国王陛下になんて、そんな……っ。む、無理です」

「なぜ？　父はきみに嚙みついたりしないよ。穏やかで聡明な人だ」

「だ、だって国王様にお会いするなんて……っ」

ジェイドは悪戯っ子のように目を細め、ソラの肩を抱いた。そしてそのまま歩き出す。

「父は今、体調を崩しているから、寝室で寝ている。普段、玉座に座る父より、話しやすいと思うよ。それより、父に贄の話をしたい。きみがいてくれたほうがいいんだ」

その一言を聞いて、ハッとする。ジェイドは自分の言葉を、ちゃんと信じていてくれたのだ。ソラは緊張しすぎて真っ赤な頬をしていたが、大きく息をつき顔を上げる。

「……ぼくの話を信じてくれて、ありがとうございます。あの、ぼくでお役に立てるなら」

その言葉にジェイドは頷き、ペルラへと頭を下げた。

「母上も、ご一緒に来て頂きたい」

ペルラは忌々しいとばかりに眉を顰めた。

「なにやら不穏な空気がする。……くそ。仕方がない」

妃殿下とも思えぬ口調で文句を言うと、ペルラはソラを見て、険しく眉を寄せたまま、にっこりと笑う。

「見れば見るほど愛らしい。ジェイドに飽きたら、わたくしのところへおいで。お人形さんのように可愛がってあげよう。ではジェイド、わたくしは先に陛下の許へ参じる」

そう言って去るペルラは、後ろ姿まで絵に描いたように美しい女性だった。ソラが思わず見惚れていると、ジェイドが悪戯っ子のような微笑を浮かべる。

「びっくりしただろう」

ソラが曖昧な微笑を浮かべると、ジェイドは困ったように頷いた。

「誰もが母を見ると驚くよ。あの若さと美貌、そしてあの言葉遣い。母は常にあの調子だ」

「あの調子って、どういうことですか」

「国王に対しても全く遠慮ない。好き嫌いも激しいから、嫌いな対象には容赦がない。逆に好きなものに対しては節操がないんだ」

素直に同意するわけにもいかず、ソラは困って小首を傾げる。

「で、でも。お美しい方ですね。とてもお母様という年齢には見えません」

そう言うとジェイドは困ったように溜息をついた。

「確かに。我が母ながら、あの美貌には恐れ入る。なにか秘薬でもお持ちなのか。……だが、母の本質は横柄な態度や口調とは別なところにある。実際は、とてもお優しい方なんだ。それこそ聖母のように愛情と慈悲に溢れている」

「ジェイド様……」

「アンバーのことに対しても、誰よりもお苦しみになったのが母上だ。これだけそっくりなのだからソラも察しがついている思うが……、ぼくとアンバーはね、双子の兄弟だ」

そう言われても驚きより、やはりといった感情のほうが先に立つ。これだけそっくりなのは双子だからだったのか。

「あの、じゃあどうして双子の弟様が、大神官様になられているんですか」

ソラの問いにジェイドは口元を歪める。笑おうとして失敗した、そんな表情だった。

「それは私達が、双子に生まれついてしまったからだ。そのせいで別々に育てられた。母上は、そのことをずっと気に病んでおられる。……母親として我が子を他人の手に委ねてしまったこと、守ってやれなかったことが母を苦しめているんだ」

ソラの脳裏にアンバーの言葉が甦る。彼は、なにも知らずに育ったジェイドを、滑稽だと言った。嘲《あざけ》るように唇の端を歪め、そして嗤《わら》ったのだ。

（アンバー様はジェイド様を憎んでいるんだ……）

それも当然だろう。片方は皇子として育ち、片方は聖殿で育てられた。両親と引き離されたアンバーが苦労したことは、容易に想像がつく。

ジェイドが眉を顰め悲しそうな表情を浮かべていると、二人の傍に年嵩《としかさ》の召使が近づき、頭を深々と下げる。

「お話し中、失礼申し上げます。陛下のお支度が整いました」

「そうか。では、案内を頼む」

ジェイドはソラの肩を再び抱くと、召使の案内に従って階段を上っていく。螺旋《らせん》階段には象《ぞう》牙《げ》の見事な彫刻が施され、ソラには、初めて見るものだ。

「すごい階段ですね……」

「まぁ、古い階段だね。華奢に見えるけど、しっかりしていて安定感があるよ」

思わず口をついて出た賛美の言葉を、ジェイドは勘違いしたようだ。階段ひとつ取っても、これほどまで意識の差があることに本当にこの人は皇子様なのだと思う。

ジェイドがソラを庇って神殿から連れ出してくれたのは、こんな恵まれた環境で生まれ育った人の同情なのだ。別に、ソラが必要だからでも、愛されているからでもない。

そうだ。愛されているからじゃないんだ。

「ソラ？　どうしたの」

ジェイドに声をかけられてハッと顔を上げると、いつの間にか、三階の一番奥の部屋の前に到着していた。

「は、はい……っ。あ、あの、ここは」

「どうやら、お姫様は難しいことを考えていたようだ。ここは父の部屋の前だ」

大きな扉の前に立って改めて周りを見ると、召使達が両脇にズラリと並び頭を下げている。国王への敬意を示しているのだろう。ソラは今さらながら、これから自分が対面するのが、このイムベリウム国の国王なのだと思い知る。

「緊張することはないよ」

ソラの緊張が伝わったのか、ジェイドは目を細め肩を抱く手に力を込める。

「ただし敬意を忘れないように。病で弱っていても、我が国の国王陛下だからね」

ジェイドはそう囁くと、召使に扉を開けさせた。部屋の中は豪奢な家具が置いてはあるが、寝台はない。

「こちらだよ。おいで」

ジェイドは優しい声で促すと、続きの間の扉を開けさせた。

「王に話がある。しばらく誰も入室しないように」

中にいた召使達はジェイドに一礼すると、足早に部屋を去っていく。完全に無人になったわけではなく、隣の部屋で控えているようだ。警護の兵達もいるから、どこか物々しい雰囲気になってしまった。

寝室には、天蓋《てんがい》のついた大きな寝台が中央に設えてある。その寝台の傍にはペルラが立っていた。敬愛する国王の前では、ペルラも慎み深い貴婦人だった。

そしてペルラが立つ傍には、国王が身体を起こしてソラを見つめていた。

「父上におかれましては、ご機嫌麗しゅうございます。先ずは聖殿への書状を賜わりましたことを、御礼申し上げます。ここにおりますのは件《くだん》の少年、ソラでございます。ソラ。国王陛下の御前だ。ご挨拶なさい」

ジェイドが改めて言うのに頷き、そして、はっきりした声で「ソラです」と名乗った。

目の前に座る顔色の悪い男性は頷き、低い声を出した。

「おまえが、大祭の贄か」

低い、唸《うな》るような声にソラが身体を震わせると、ジェイドが励ますように肩を抱く。そして怯えきっているソラの代わりに口を開いた。

「彼は亡くなった妹の代わりに、贄として聖殿に上がりました。ですが彼はもう、贄ではありません。ソラと名前で呼んであげてください。……父上。お伺いしたいのは、この贄という忌まわしき風習のことです」

ジェイドの言葉に王は片方だけ眉を上げる。そんな表情をすると、ジェイドとそっくりだと思った。

「贄……。正直、そんな悪習が、まだ国内で蔓延《はびこ》っているとは。これは、聖殿を管理できていなかった私の責任だ。こんな子供が、未だに贄として捧げられていたとは思わなんだ」

「ソラは意味も理由もわからず、ただ風習だからと言い含められ、逆らうことも許されずここに来ました。過去にも、むざむざ殺された子供がいるのでしょう」

「その忌まわしき風習は、既に廃れて久しいと認識していたのだが」

重々しい声で話す国王に、ジェイドは「いいえ」と否定する。

「百年目に一度の大祭。本年がその年に当たります。私は、なにがあろうと悪しき風習を潰します。……例え、大神官と争うことになったとしても」

ジェイドの言葉を聞いて、誰よりも反応したのはペルラだ。彼女は鋭い目でジェイドを睨みつけた。

「ジェイド。おまえは聖殿の大神官と申したな。聖殿の大神官と言えば」

「はい。我が弟、アンバーでございます。アンバーは否定しておりましたけど、大祭の全てを承知し統率しているのは、間違いありません」

「……なんだと……っ」

ペルラは柳眉《りゅうび》をきりきりと上げて、息子を睨みつける。その様子に王も、もちろんソラも口を挟むことなんてできなかった。ソラは見ているのがつらくて、思わず目を伏せる。

「大祭を仕切っているのがアンバーだと申すならば、おまえはなぜ、彼をその場で捕らえないで放置したのだ。おまえの双子の弟ではないか……っ」

「承知しております。アンバーは、まずは父君のご指示を仰ぎたいと思いました。私も我が弟を思うと、気持ちは揺れるばかりではございましたが」

「ふざけるなっ！」

鋭い怒鳴り声にソラは伏せていた顔を上げると、ジェイドを激しく叱咤《しった》するペルラの姿が目に入った。王を見ると、呆気《あっけ》にとられた顔で己の妻と息子を見ている。ここまでペルラが激昂するとは思っていなかったのだろう。

「ひ、妃殿下……っ」

ソラは自分の立場も忘れて、ジェイドとペルラの前に立った。ジェイドは母の叱責を受けて目を伏せている。だが、その手は握り締められ、小さく震えているのが目に入った。

これ以上、ペルラにジェイドを咎《とが》めさせてはいけない。

立ち塞がるソラを見て、ペルラが苦い声を出す。

「ソラ。おどき。わたくしは今、我が子に教育をしているのだ」

「でも、もっと落ち着いてお話を」

「お話？　こんな成長しきった息子に、お話も教育もあったものではない。だが母親のわたくししか、ジェイドを叱ることができないのだ。さぁ、どきなさい」

ずいっと迫り寄られて、怖くて息が止まりそうになる。ペルラは人形のように整った顔立ちをしている分、怒るとその美貌は鬼気迫るものがあった。

ソラはビクビクしながらも、はっきりとした口調で言いきった。

「そんな。だ、だって、ジェイド様は悪くありません。アンバー様は、聖殿では権力をお持ちになった大神官様です。そう簡単に連れ帰るなんて」

「ジェイドの立場はなんだ。こいつはイムベリウム国皇子だろう。ましてや、アンバーは唯一無二の弟だ。ジェイド、おまえが道から外れそうになっている弟を見捨ててどうするっ！」

ペルラの憤怒の声を聞きながら、ジェイドは唇を嚙み締めていた。その表情は痛みを堪えているようにも、苦しんでいるようにも見えた。

「ジェイドがアンバーを連れ帰らなくてどうするんだ！　ソラ、どけ！」

「駄目ですっ！」

ソラは咄嗟にジェイドの前に立ち、庇うように両手を広げた。

「どけというのが、聞こえんかっ！」

「どきませんっ！　だってジェイド様は本当に悪くないんです！　妃殿下様は、お美しくて慈悲深く、そしてお優しい方。どうか落ち着いてください。お願いです……っ」

このソラの言葉に、ペルラだけでなく、室内にいた国王も、そしてジェイドも毒気を抜かれてしまった。

「なぜこのような子供に、わたくしが諭されなくてはならんのだ……」

力ないペルラの言葉に、ソラはようやく自分が差し出がましいことをしたと気づく。

冷静に考えればソラのこの発言と行動は、一国の妃殿下に対して非礼もいいところだ。だが、この時、ソラは本気だった。本気でジェイドを守りたかったたし、これ以上、ペルラに愛する息子のジェイドに対して、酷い言葉を吐かせたくなかった。

人を傷つければ、それは、より大きな痛みと共に自分も傷つくと知っていたからだ。

「もういい。ペルラ、控えよ」

寝台に座って事の成り行きを見守っていた王が突然、口を開いた。

「大祭は、中止だ」

ジェイドはそれを聞くと扉を開き、部屋の外で控えている侍従を中に入れた。国王の言葉を記録させるためだ。

「今年ばかりではない。大祭に関わる全ての政《まつりごと》を、今後一切取りやめることとする。聖殿についても、今後はどのような祭祀《さいし》を執り行うとしても、全て王宮の認可を得ることとする。無論、神への供物などといった古い風習など、もっての外」

身体が弱っているせいか、大きな声は出ない。王冠も豪華な衣装もない。だが、国王は凛とした声でそう言い放った。

「父上。大神官であるアンバーの措置はどのように」

「……大神官は人を殺《あや》めたわけではない。しきたりに従い、古き風習を遂行しようとしただけとも言える。だからまだ、やり直せる」

この言葉にジェイドも、そしてペルラも張りつめていた緊張を解いた。

「では、アンバーには贖罪《しょくざい》が許されているんですね」

ペルラのこの言葉に王はしばらくの間、なにも言わなかった。ようやく口を開いて出たのは、懺悔《ざんげ》にも似た苦渋の一言だ。

「本来ならば、アンバーに償わなければいけないのは、この私だ」

低い声でそれだけ言うと自らの額に手をやり、深い溜息をついた。

「ジェイドとアンバーが生まれた時、当時の最高神祇官に『双子の忌み星は呪われている』と言われ、それを信じた私が誰よりも愚かで罪深い」

そう呟くと、「少々、休みたい」と言った。ペルラは王の身体を支えるようにして、横になるのを介助する。その様子を見ていたジェイドは手伝おうとしたが、すぐに差し伸べた手を引っ込めた。

「では、私とソラはこれで」

早口にそう告げてソラの背を抱き部屋から出ると、続きの間で控えていた召使達を見て、

「王がお休みになるから、手伝ってあげなさい」と申しつけた。

部屋から出ると大きな溜息をつき床を見つめているジェイドに、ソラはどう声をかけていいか、わからなかった。

今のジェイドには悲しみが満ちている。これは、誰にも救ってあげることはできない。むしろ、こんな時は声をかけずに、そっとしておくべきだろう。

それでも、ソラはジェイドに触れたいと思った。

触れて髪を撫で、そして傷ついた心に届かないまでも、優しく慰めてあげたい。

傷ついた彼を抱きしめて、癒してあげたい。贄であった自分の身分を越えることを、ソラは心の底から願っていた。

7

しばらく立ち止まっているジェイドを、ソラは心配そうに見つめていた。だが彼は顔を上げると、再びソラの背に手を添えて歩き出す。

「ごめんね。きみを部屋に案内しなくてはならなかったのに。さぁ、行こう」

そう言うと広い廊下を歩いていく。ソラは無言のまま、一緒に歩いた。

「さぁ、ここがきみの部屋だ」

案内されたのは、渡り廊下の先の三階の部屋だ。国王の部屋とは比べ物にならないほど狭いが、とても可愛らしい部屋だった。

白く大きなレースが窓枠に掛けられた室内は、清潔に整えられていた。この部屋も二間続きで、隣に寝台があるらしい。小さな飾り棚には柔らかい色合いの花が生けられている。

「きみのために、用意したんだ。気に入ってもらえると嬉しいな」

「ぼくのために部屋を用意って……？」

「贄となるはずだったきみが、聖殿から出てこられたからといって、今さら実家に戻るのは難しいだろうと思ってね。行く場所がないなら、このまま、ここにいればいい」

「あ……ありがとうございます。……あの、ひとつお聞きしたいのですが」

「改まって、どうしたの」

「妃殿下は、どうして、あんなにお怒りになったのですか。いっそ、妃殿下がアンバー様をお叱りになれば」

「母上はアンバーをご出産されてから、一度も顔をご覧になったことがない」

「い、一度も？　だって、ジェイド様とアンバー様のお母様なのに」

「そう。母親だ。だからこそ、母上はアンバーに触れることが許されなかった」

ジェイドは大きく息を吐くと、悔しげな表情を浮かべた。

「私とアンバーが生まれる前から、当時の最高神祇官は双子であることを言い当てた。それだけではなく、『双子の忌み星は呪われている』と宣託《せんたく》を受けたそうだ」

「忌み星って？　初めて聞く言葉です」

「普通の人は、知らなくて当然だよ。忌み星とは、古来から占星術の中で言われる言葉で、人の運命《さだめ》を意味する。古い言い伝えだが双子の忌み星、特に弟を指して言う言葉だ。なんの根拠もない、ただの嫌がらせのようなものだけどね」

当時の最高神祇官はアンバーを指し、この子は必ず大凶の運命を持ってイムベリウムを破滅に追いやるだろうと宣言したらしい。

当時は国王も即位したばかりで、最高神祇官の言うことに逆らえなかったそうだ。

イムベリウムでは今も昔も、政治的なことに聖殿からの宣託を重んじる。だからこそ、こんな悲劇が生まれたのだ。

「その宣託のせいで、アンバーは殺される運命だった。しかし、聖殿に預け神に仕える身となり生きるのであれば、命は助かると言われた。だから仕方なく聖殿に渡したが、実質それは幽閉されたのと同じだった」

ジェイドは眉を顰めて、苦しそうな表情を浮かべた。実際、悲愴《ひそう》に満ちた話だ。生まれてくる順番がほんの数分違っただけで、自分と弟は天と地の差がつけられたのだ。

自分は助かったのだと喜べるほど、人間は単純ではない。

「当時、出産を終えたばかりの母上は産褥《さんじょく》で臥せっておられたが、この決定に激怒された。だが最高神祇官の決定に逆らうことができず、泣く泣く聖殿に差し出すことをお選びになった」

「あ、あの……、お父上は？　国王陛下はその決定に、なにも仰らなかったんですか」

ソラが思わず口を挟むと、ジェイドは悲しそうに目を伏せる。

「父である国王は国を思い、アンバーの死を選ぼうとした。だが、母上が断固《だんこ》としてお許しにならなかった。……母がいなければ、アンバーの命はなかったろう」

「妃殿下様が……」

ジェイドは少しだけ微笑むと、ソラの髪に手をやり、手慰みのように何度も撫でる。

「先ほども言ったが母上はあのとおり厳しい方だし、人の好き嫌いが激しくていらっしゃる。

だけどね。母上は本当に愛情深くて、心根が真っ直ぐなんだ。弱い者を見過ごすこともできないし、弱者を守るためなら我が身を持ってして、立ち向かっていく雄々しい方なんだよ」

「それって、ジェイド様も同じですね。妃殿下とジェイド様は、そっくりです」

ソラの言葉に、ジェイドは驚いたように瞳を瞬かせる。とても意外なことを聞いたといった顔つきだ。

「私が？　私は母上のお足元にも及ばないよ」

「いいえ。ジェイド様は聖殿で初めて会ったぼくに、翡翠の首飾りを渡してくださいました。なにかあったら、これを見せろと。そうすれば、きみは助かると仰ってくださいました」

「ソラ……」

「追いかけられているような人間に、あんな高価なものを渡して身を守れなんて、普通の人は言いません」

ジェイドはこの賛辞を聞いても、嬉しそうな様子もない。ただ、恥ずかしそうにソラから目を逸らすばかりだ。

「あんな姿で逃げているきみを見れば、誰でも同じことをするよ。とにかく無事でよかった」

そう言われて、胸が詰まった。

自分のした行動を誇るでもなく、自慢するわけでもない。ただ、恥ずかしそうに目を伏せている。まるで、少年のようだ。

その時、ソラは自分の気持ちをなんと説明していいか、わからなくなった。

胸が熱くなって、切なくて、息が止まりそうだ。それなのに、すごく幸せな気持ちになる。

……こんなこと、生まれて初めてだった。

どうして、こんなふうにドキドキするんだろう。……どうして、こんなに胸がウキウキするんだろう。

自分の気持ちがわからなくて戸惑い、次の瞬間に全てがわかった。

自分は、本当にジェイドが好きなんだ。

そうだ。だから、こんなふうに胸が苦しくなったり、反対に嬉しくてドキドキしたりするのだろう。ジェイドが好きだから、この人が愛おしいから。

そこまで考えて、ふと昏《くら》いものが胸を刺す。

――――どうして自分は、あの時、アンバーの手を拒めなかったのだろう。

妙な薬を嗅がされて、自分の思いどおりに身体が動かなかったとしても、どうしてあんなことを許してしまったのだろう。

そう思うと、温かくなった胸の中を鋭い氷の棒で刺されたような、冷たい痛みが走る。

説明できないぐらい、複雑な感情が襲ってくる。ソラはその気持ちを振り払うようにジェイドに向き直った。

「ジェイド様。あの、ぼくにできることは、なにかありませんか」

その問いにジェイドの瞳は瞬いたが、すぐに微笑みに細められる。

「きみにできることは、色々ある。例えば、もう疲れているんだから、ゆっくり休むこと。お腹がすいているなら、女官になにか持ってこさせるといい。お湯を浴びたければ、浴室もついている。他に不自由なことがあれば申しつけなさい。そこに呼び鈴がある。寝室にも同じものが用意して……」

ジェイドの声がそこで止まる。ソラがしがみつくように、抱きついてきたからだ。

「そうじゃありません、……そうじゃないんです。ぼくはジェイド様が苦しんでいるから、なんとかしたいんです。……お慰めしたいんです……っ」

ソラのこの言葉に、ジェイドは困ったように眉を寄せ、しがみつく身体を引き離した。

「ソラ。そんなことを男の前で言うんじゃない。きみにはわからないだろうが、男にとっての慰めというのは」

「なにがあるんですか」

意味がわからず、きょとんとジェイドの顔を見つめると、途端に笑われてしまった。

「参ったな。やっぱり意味がわかっていないのか。……全く。きみには本当に参るよ」

そう囁くとソラの肩を抱き、その頬にそっとくちづけた。

「あ、あの……」

「私はね。きみに触れたい。……ずっと、そう思っていた。初めて神殿の裏庭で会った時から、きみのことが気になっていた。そんな下心がある男に『お慰めしたい』なんて、言ってはいけないよ」

ジェイドは口元を歪めるようにして微笑んだ。

「私は母上の仰るとおり、駄目な男だ。きみが心配で仕方がなかったけれど、それと同じぐらい、きみのことが気になっていた。とても綺麗な瞳をして、困ったように笑うきみと、もう一度会いたいと願っていたんだ」

「あ、会いたかったって……」

「会いたかった。会って、抱きしめたかった。無事だと確認して、喜び合って抱きしめたかった。……きみに、くちづけしたかった」

そう白状しながら俯いたジェイドを、ソラはそっと抱きしめた。

「ぼくもです。ぼくも、ジェイド様のことがずっと気になっていました。……ずっとです」

ジェイドにとって、あまりにも意外な言葉だったらしい。彼は驚いたように腕を解いて、ソラを見下ろしている。

「……今、なんと言った？」

眉目秀麗《びもくしゅうれい》な皇子が、子供のように瞳を瞬かせている。それがとても可愛らしく見える。そんなジェイドが、愛おしくて仕方がなかった。

「ぼくも、初めて会った時から、ジェイド様が好きでした」

ありのままの気持ちを伝えると、ジェイドは大きく見開いた目を何度も瞬かせる。

「ソラ……。きみは」

「ジェイド様のことを考えると落ち着かなくなったり、その反対に、優しい気持ちになれました。これが好きっていう感情だと思います」

ソラは自分でも驚くぐらい、はっきりと気持ちを話した。

「ぼくは自分が贄となり、消えていく運命だったから、こんな気持ちを持っていてはいけないって思っていました。でも、ジェイド様が来てくれた。……ぼくをあの塔から、救い出してくださった……っ」

ジェイドはソラの手を取り、その手の甲にそっとくちづけた。

「私もきみのことをずっと気にかけていた。……そう、ずっとだ。なにも手につかないぐらいに、きみのことで頭がいっぱいだったんだ」

ジェイドはソラを引き寄せると、その華奢な身体を再び強く抱きしめた。

「ぼくは女の子じゃないけれど、それでもいいですか……」

そう細い声で訊ねたソラの顎を、ジェイドはそっと指で摘《つま》んだ。

「じゃあ私も同じことを訊こう。本当にいいのか。私は今、きみが想像もつかないような、淫らなことを考えているよ。きみを抱きしめてくちづけて、それ以上の淫らなことも」

「み、淫らなことって……」

「ソラは今まで、誰かと肌を合わせたことはあるのか」

「肌を合わせるって、ぼくはそんな」

誰とも肌を合わせることなんかしていない。そう言いかけたその時。ソラの頭を過ったのは、ジェイドの弟であるアンバーのことだった。

ジェイドと同じ顔をしたアンバーと、一度だけだが淫らな行為をしてしまった。あれは、まさしく肌を合わせるということだろう。あの時、ソラは薬を使われて朦朧としていたけれど、本当に抵抗できなかったのだろうか。

そう考えると、心が凍るみたいだ。薬で酔わされていたとはいえ、どうしてあの時、ちゃんと抗《あらが》えなかったのだろう。無我夢中で立ち向かえば、あるいは。

いや。あの時のソラは、抵抗する気持ちがなかったのかもしれない。どうせ大祭を迎えたら自分の命は消えるのだと思って、心が麻痺《まひ》していた。

自分なんか、どうせすぐに死ぬのだから、守るものなんてないと思っていた。

こんなふうにジェイドに告白されるのなら、あの時、もっと抵抗すればよかった。自分は莫迦だ。……愚かだった。

嘘をつくことができないソラは、つい本当のことを喋ってしまった。

「あの、……い、一度だけ」

そう呟くと、ジェイドは困ったように笑みを浮かべる。

「そう。きみのように可愛らしくて、素直で、優しい子を見逃す男はいないだろうね。それは当然だろう。……だが、私がきみの初めての男になれないのは残念だ」

ジェイドの言葉に、ソラはそうじゃないと言いそうになった。

あの時、アンバーに薬を盛られたから。首飾りを見られてはいけないと必死だったから。だから、抵抗できなかったのだと、大きな声で言いたかった。

「あ、あの。ジェイド様、話を聞いてください。ぼくはあの時」

そう言いかけたソラの前に、ジェイドは大きな掌を立てて、話を止めさせる。

「これ以上は無理だ。私は年甲斐もなく、きみの初めての男に嫉妬しているんだよ。莫迦みたいだろう。……ソラは、私の駄目なところばかりを見ているから、がっかりしているだろうね。私は未だに母親に叱られるような、そんな男だよ」

どんどんジェイドの中で違う話が作られているみたいだ。まず、誤解を解いて話をしたい。そう思ったが、なによりジェイドに言うべきなのは、今、自分がどれだけ彼のことを好きなのかだと思った。

ジェイドの毅然《きぜん》とした言葉が、優しい気持ちが、凛とした態度が、どれだけ自分を救ってくれたのか伝えなくてはならないのだ。

高貴で、美しくて、優しい、そして心の柔らかいこの人を、どれだけ好きなのかを告白しなくてはならないと思った。

「いいえ。ジェイド様はすごく優しいです。それだけじゃない。神殿からぼくを連れ出してくれました。……あんなふうに、ぼくを気にかけてくれた人なんて、今までいなかった。こんなふうに優しくしてくれる人なんか、いなかったんです」

そう告白すると、ソラは自分の首に手を回し、襟元から大きな翡翠の首飾りを取り出す。

「この宝石をお預かりして困ったけど、本当はとっても嬉しかった。こんなに大切なものを、預けてくださったジェイド様のことが、気になって仕方がなかったんです」

ジェイドが手を差し伸べ首飾りに触れた時、ソラはハッと気づいた。

「ご、ごめんなさい。もうお会いできたんだから、この首飾りをお返ししなくちゃ」

「いや。これはきみがしていてくれ。……とてもよく似合う」

ジェイドはソラの手を取ると、その指先に唇をつけた。そして、何度もくちづけをくり返す。

騎士が姫君に捧げるくちづけのようだ。そう思った途端、ソラの身体が小さく震えた。

「本当に私のものになってくれるのか」

「ジェイド様が、いいえ、ジェイド様じゃなくちゃ嫌です」

なにを問われているのか、なにを答えているか、ソラには本当の意味でわかっていなかった。

だけど、この人の手を離したくないと思った。

さっきみたいに抱きしめてほしい。もっと触れ合いたい。くちづけてほしい。もっともっともっと。

そう思うことは、いけないことなのだろうか。身分がこんなに違うのに。同性同士なのに。好きだと思ってはいけないだろうか。

「先ほどは、母上から私を庇ってくれただろう」

ジェイドにそう囁かれて、顔がかぁっと真っ赤になった。自分がどれだけ差し出がましく、その上、身分を弁《わきま》えない行動に出たかを思い出したからだ。

「ごめんなさい。あんな、差し出がましいことをして……」

「いいや。私はきみに庇ってもらえて、嬉しかったんだよ。あんなふうに誰かに庇ってもらうなんて、初めての体験だった」

ジェイドはそう言うと、ソラの頬に、そして瞼《まぶた》にもくちづけてくる。その時、睫《まつげ》に唇が触れて、ソラは思わず笑ってしまった。

「なにがおかしいの」

「そうじゃなくて、くすぐったいから……」

「……きみは、なんて初々《ういうい》しくて、可愛らしいことを言うんだろうね」

ソラの答えにジェイドもつられたように笑った。それからお互いに額をくっつける。

「先ほど母上に向かって大声を上げたのは、怖かっただろう」

「え、ええと……、無我夢中だったから、怖くなかったです」

その答えに、ジェイドは目を細めてソラを見つめた。

「私を庇うために、無我夢中だったのか」

ジェイドの言葉に、ソラは真っ赤になって俯いてしまった。そんなソラの反応をどう思ったのかジェイドは目を細め、艶《なま》めかしいと言っていい微笑を浮かべている。

「母上が怖いのは本当のことだよ。あの時、きみの手が震えていたのも見えた」

そう囁くと、また瞼に唇が落ちる。それから頬へのくちづけに移ると、ソラの唇をゆっくりと捕らえた。

「ん……っ」

柔らかい唇に囚われて、甘い喘ぎが零れる。ジェイドはその喘ぎさえも許さないというように、ソラの身体をきつく抱きしめた。それから首筋に唇を埋めて、吐息と共に甘く囁く。

「自分のことを贄だと言いきったきみが心配で、頭から離れなかった」

「ジェイド様……」

「……いや。これは詭弁だ。贄だから気になったんじゃない。きみが心配で仕方がなかった。きみだから、ソラだから心配だった。きみを贄になんか絶対にさせるものかと思った」

ジェイドは再びソラを抱きしめた。腕の力が強すぎて、息が止まりそうになる。

「きみが今、私の腕の中にいる。夢みたいだ。きみをずっと抱きしめたいと、そう思っていたんだよ」

熱く囁かれ、ソラは頭がくらくらしてしまった。

これは夢だろう。そうだ、こんなことが、自分の人生に起こるはずがない。

贅の家に生まれ、いつでも妹の身代わりになれるようにと、ずっと言い含められてきた。

「きみが愛おしい。愛おしくて、たまらない。出会ったばかりだというのに、どうしてこんな気持ちになるのか、わからない。でも、きみがどんな素性でも、男でも女でも関係ない」

ジェイドは優しくソラを抱きしめ、何度もくちづけをくり返す。彼に触れられるたびに、ソラは自分の身体がふわふわと浮かんでいるみたいな気持ちになっていた。

こんなふうに優しく抱きしめられていると、自分が大切な生き物になった気がする。誰からも愛されていなかったことが、嘘だったみたいな、そんな気持ちになる。

先ほど意味もわからないのに、思わず『お慰めする』と言ってしまい、ジェイドに驚かれたけれど、こんなふうに抱きしめ合っていることが、『お慰めする』ことになるのだろうか。

それならば、『お慰めする』っていうことは、すごく気持ちがよくて、優しい気持ちになれる。そう感じて瞼を閉じた。

ソラが迂闊に口を滑らせた『お慰めする』を実行するのは、この抱擁のすぐ後になる。それは精神的にまだまだ子供だったソラの、想像を越えたものだった。

8

ゆっくりと触れ合っていたのは、ほんのわずかな時間だった。

ジェイドは寝室に入ったが、すぐには寝台に行かず立ったままソラにくちづけた。彼の唇は少し乾いていて、不思議な感触だった。そんなことをソラが呑気に感じていると、ジェイドは何度も角度を変えて深くくちづけ、舌先で唇を舐めてくる。

(これ、舌だ……。舌、なんて、初めて……)

ソラの戸惑いなどお構いなしに、ジェイドの熱い舌先は唇を割り、口腔内《こうこう》を弄《まさぐ》ろうとしていた。緊張して歯を噛み締めてしまうと、ジェイドが笑う気配がする。

(あ。笑った)

その様子に気づいたソラも、思わず微笑を浮かべる。笑ってしまったから、もうくちづけはお終いかもしれない。

根拠のないことを考え、ちょっとホッとして息をつこうとした。すると、その隙を見計らったように、舌先がソラの口腔内に忍んでくる。その初めての感触に身体が震えた。

「ん、んん……っ」

身じろいだけれど、ジェイドは全く引くことはなく、ソラの口腔内を愉《たの》しむように舌先を動かした。慣れない触れ合いに、なにも考えられなくなる。

何度もその舌から逃れようとするソラを笑うように、ジェイドの舌先は上顎を丹念になぞった。その途端、今まで感じたことがないぐらい、ぞくぞくっと快感が走る。

「んぅ……っ」

上顎を舐められているだけなのに、身体中から力が抜けてしまう。それが恥ずかしいのに、身体は蕩《とろ》けるみたいに力が抜けた。

「ソラ。寝台に行こう」

ジェイドの声が遠くに聞こえる。目も開けられずに、わけもわからないまま何度も頷《うなず》いた。すると、溜息交じりに囁かれる。

「可愛い。本当に可愛いな。……これがもう、他の男の手に渡っていたのか。悔しいよ」

その囁きの意味をソラは摑《つか》めず、大きな目を見開いて瞬《まばた》きをくり返す。ジェイドがその様子を見て笑ったが、明らかに苦笑だった。

「悔しいって……、あの、他の男の手に渡っていたって、どういうことですか」

「きみが言ったんだよ。初めてではないと」

そう言われて、さぁっとアンバーとのことが思い起こされる。

あの時、薬で酩酊《めいてい》状態だったソラを、アンバーはいやらしく追いつめて、何度も白濁を放出させた。あれが『他の男の手に渡っていた』という意味なのだろう。

「さぁ、おいで」

ソラは誘われるまま天蓋《てんがい》のついた寝台に横になった。枕元のチェストには、溢《あふ》れんばかりの花が生けられている。その香りと、寝台に敷かれた布の感触がすばらしくて、うっとりと目を閉じ溜息をつく。そんな様子がおかしかったのか、ジェイドは「きみは本当に可愛いな」と囁き、ソラの額にくちづけた。

とてつもなく甘やかされているみたいで、恥ずかしくなった。

「あの……、ぼくは、なにか変なことをしましたか」

「いや。きみは変じゃない。可愛くて可愛くて、頭から食べてしまいたいと思う私のほうが変なんだ」

ジェイドは痛みを耐えているような表情で呟くと、寝台に横たわったソラの肩を摑んだ。

「あ……っ」

その仕草が乱暴なものに感じて、ソラは少し不安になる。今まで、常に紳士的だったジェイドしか知らないからだ。

(どうしたのだろう。なにか気に障《さわ》ったのかな……)

ソラは、思わず自分に伸し掛かるジェイドの頰に両手で触れてみた。

「ソラ……」

「ぼくは、なにかジェイド様の気に障ることをしてしまったのですか」

その問いにジェイドは驚きの表情を浮かべて、ソラを見つめた。

「違うよ。――すまない。私は、きみの初めての男に嫉妬しているんだ。私が一番初めに、きみの肉体を征服したかった。きみを独占したかったんだ。……莫迦《ばか》らしいだろう。だけど、男なんてこんなものだ。征服欲の塊なんだよ。好きな子は、自分だけのものにしたいんだ」

その説明に、ソラは小首を傾《かし》げた。自分のものにするって、どういう意味なのだろう。

「あの、自分のものにするって……？」

「まだわからないか。きみの体内に私自身を打ち込みたいんだ。きみを泣かせて喘《あえ》がせて、気持ちよくさせたいんだよ」

あまりにも露骨なことを言われて真っ赤になると、ジェイドはソラの頬にくちづけた。

「私は狭量《きょうりょう》な男だから、きみを誰にも渡したくない。自分だけのものにしたい。こんなこと、今まで誰とつきあっても、一度も感じたことがない。だけど、きみだけは特別なんだ」

熱い囁きと共に再び唇を塞《ふさ》がれて、またしても舌先が口腔に入り込んでくる。すぐに息が詰まって苦しくなったけれど、ジェイドは離してくれなかった。

「あの、……それなら、ぼくの言い方が悪かったんですけど、ぼくの初めては今です。今、ジェイド様が初めての人です」

ソラの告白を、ジェイドは眉を寄せて聞いている。全く意味がわからないという顔だ。

「初めてが今とは、どういうことかな」

「は、初めてって、相手の人の身体を受け入れるってことですよね。だったら、今から初めて体験します。ぼくが経験したのは、相手の人に触られて、あの、……ええと」

このおぼつかない説明で、ジェイドはようやく納得がいったようだった。瞳を輝かし、ソラをきつく抱きしめる。

「そうか。……そうか！」

あまりの喜びの声に、ソラは真っ赤になってしまった。

「すまない。私はソラのことに関しては、ものすごく心が狭くなるようだ。……ふふ、今まで、こんな気持ちを誰かに抱いたことなんかないのに、おかしいね」

そう囁き、ソラの身体をきつく抱きしめた。そして、何度目になるかわからない熱い接吻で、唇を塞がれる。

「ん、んん……、ぁ、ふ……っ」

寝台に押しつけられるようにして、深くくちづけられた。舌先で再び口腔を掻《か》き回されると、頭の芯が抜けるみたいな感じがする。

（なんだか、怖い。抱かれるって、こういうことなんだ）

その感覚に身体が竦《すく》む。アンバーにされた時は、薬を使われて無理やりだった。でも今は違う。心も体も蕩けている。だから、だから怖い。

「ソラ。……きみがほしい。きみが愛おしくて、堪らないんだ」

ジェイドはそう囁くと、ソラの服に優しく手をかける。そして、襟《えり》元から肌へとくちづけた。

「いい匂いだ。これが、きみの香りなんだね」

ジェイドはソラの胸に唇をつけると、肌の感触を味わうように舌を這《は》わせてくる。その途端、ソラの身体がびくびく震えた。

「あ、ぁあ……っ」

「なんて声を出すんだ。……ああ。もう、私のほうが我慢できない。きみがほしい……っ」

ジェイドはソラの衣服を剝《は》ぎ取ってしまうと、足を抱え込み、下着も剝ぎ取った。そして改めて両膝を開く。

(み、見られている。こんな、どうして。どうして)

ジェイドの視線がソラの性器に注がれているのを感じて、肌が燃えるように熱くなる。

ソラの肌を丹念に愛撫していた指は太腿を撫で、性器に触れてくる。ソラが身体を硬くすると、宥《なだ》めるように優しく撫でられた。

「可愛いな。頬も肌も、なにもかも花のように色づいていて、……たまらなく艶《あで》やかだ」

そう囁くとジェイドは顔を近づけ、突然ソラの性器を舐めた。

あまりのことにソラが身を屈《かが》めると、彼は顔を上げて「動かないで」と囁いてくる。

「あ、あの、だって……っ」

「いいから力を抜いていなさい。私はきみと、愛し合いたいんだ」

そう言ってソラの瞼《まぶた》にくちづける。そして再び性器へと顔を近づけて舐めたかと思うと、口の中に含んでしまった。

「い、いや……っ、駄目です……っ」

信じられなかった。あのジェイドが。凛々《りり》しくて颯爽《さっそう》とした皇子様が、ソラの性器を口の中に入れているのだ。

「駄目です、お願い……っ、出してください、そんな、そんなこと、しないでぇ……」

ソラの哀願は聞き入れられることなく、ジェイドは可愛いと言ってのけた性器を呑み込むようにして口の中に入れると、歯で食《は》むようにして甘噛みしてくる。

「やぁ、だ、ああ、やらぁ……っ」

生まれて初めての体験に、ソラはわけがわからなくなった。ジェイドの口の中は、もの凄く熱くて、――――もの凄く気持ちがいい。

「やだぁ、……やだぁぁ……っ」

ソラの身体から力が抜けて、快感に酔い始めた。それを見たジェイドは更に大胆になり、ソラの臀部《でんぶ》を揉みほぐし始める。

「あ、ひぁ、やぁ……」

言いようのない愉悦にソラの顎が上がり、もう抵抗ひとつできない。

ソラの性器が淫らに濡れてくると、ジェイドはようやく口を離した。そして握り込むようにして、上下に擦りあげる。

「や、だぁあ、ああ、ああ、あぁ……っ」

濡れた音を立てながら擦られた性器は、絶え間なく淫らな体液を滲《にじ》ませ続けた。その蜜をジェイドは指で掬《すく》い取り、ソラの最奥へと馴染ませる。

「待って、待ってくださ、あ、……ああん……っ」

ぐずぐずに濡れた最奥に、ジェイドの指がゆっくりと挿入されてくる。濡れそぼった粘膜の淵は、太い指を拒むこともできずに受け入れてしまった。

「ぁあ、ぁあ……っ」

喉の奥から絞り出される高い声が、自分のものとは思えないぐらい媚《こ》びている。ソラはぼやけた頭でぼんやりと感じた。

（なんて、いやらしい声だろう。なんて甘い、なんて……）

どうしてこんな、湿った音がするんだろう。どうしてこんな、気持ちいいのだろう。

ジェイドの長い指が何度もソラの体内を掻き回すと、どんどん濡れた音が大きくなる。それが、とてつもなく恥ずかしかった。

「ああ、……きみは、とてつもなく可愛らしい。凶悪なぐらいだ」

それがソラのことなのか、それとも性器のことなのか。判別できなくて身を竦めると、ジェイドは体内を愛撫していた指を引き抜いた。そして自らの性器を取り出し、ソラの最奥へと押しつける。その熱さと大きさに、ソラの身体が小さく震えた。成熟した男の身体が、こんなにも逞《たくま》しく迫力があり、そして魅力的だと初めて知ったからだ。

「あ、……あ、の……、やっぱり、いや……」

「怖がらないで。私はソラと愛し合いたいだけなんだ」

「だって、だ、だって、……おおきいです。あの、そんなの、はいらない……」

縺《もつ》れた舌で必死で言い募《つの》ったが、ジェイドは眉間《みけん》の皺《しわ》を深くするばかりだった。

「きみは天性の魔性があるな。私のような愚かな男を弄《もてあそ》ぶ、悪い小悪魔だ」

忌々《いまいま》しそうな口調でそう吐き捨てると、ジェイドは自らの性器をソラの身体の中へと埋め込んだ。もの凄く大きなものに、ソラはそのまま身体を強張《こわば》らせ、甘ったるい声を上げる。

「やぁ、あ――……っ」

「ああ……、なんて声を出すんだ。まだ先端しか入れていないというのに……っ」

ジェイドはソラの肩を引き寄せ、そのまま一気に身体を進める。深々と根元まで埋め込んだ性器は大きいのに、ソラの身体は難なく全てを呑み込んでしまった。

「あ、あ、ああ、あああ……っ」

身体の奥を穿《うが》たれて、すぐに何度も揺さぶられる。粘膜の擦れる音がして、硬い切っ先が自分の身体を切り拓くのがよくわかった。

（おおきい、おおきい。こんなの、こんなのしらない……っ）

「あ、あああっ、やぁ、ぁあ……っ、ジェイド様、かたい、いや、ごつごつする……っ」

半泣きのソラが舌っ足らずな口調でそう言うと、ジェイドは眉間の皺をますます深めた。

「そんな声で泣かれると、誘われているみたいだ。……いや、誘っているのか」

「ち、ちが、……ああ、やぁ……っ」

ソラの泣き声をきっかけにして、ジェイドは激しく腰を揺り動かした。その激しい動きにソラは身をよじる。

「だめ、だめ、……ああ、だめぇ……っ」

疼痛《とうつう》を伴《ともな》う衝撃は、擦られるたびに知らない感覚へと変わっていく。ぐずぐずに蕩けた体内は、侵入した男の性器を喜ぶみたいに食み始めた。そのたびに濡れた粘膜の音が、寝室の中に響いてソラの羞恥《しゅうち》を煽《あお》る。

「いやらしい音だ。ソラ、わかるかい。きみの中が濡れて淫らに蕩けているから、私のものが出し入れしやすくなっているんだ」

「いや、いや、い、言わないで、ぇ」

ソラは真剣に哀願したつもりだったのに、その濡れた声は誰が聞いても嬌声《きょうせい》だった。

びくびく痙攣《けいれん》しながら男を受け入れ、抽挿《ちゅうそう》がくり返されるうちに意識が乱れて、どうにもならなくなる。

ジェイドはそんなソラを見て、嬉しそうに微笑《ほほえ》んだ。自らの手で愛するものが歓喜に震え、身悶《みもだ》えているのだ。男にとって、これほどの喜びはないのだろう。

「ひ……っ、ひ……っ」

叫ぶこともできず歓喜に震えるソラを見て、ジェイドは身体を屈めてくちづける。その優しい感触に、ソラの身体がまた蕩けた。

「ん、んぅ、やぁ、ぁだ……っ」

「ああ、すばらしいよ。きみの中が熱くて溶けそうだ。ものすごく感じる。堪らない」

そう甘い声で言いながら、ジェイドは抉《えぐ》るようにして腰を打ちつけてくる。その挿入にソラの唇から喘ぎが止まらなくなった。

「あ、んん、やぁ、ああ、いっぱい、いっぱい……。いく、いく、いっちゃう……っ」

「ああ、気持ちよさそうだ。きみが感じてくれて嬉しいよ。いくなら、いっぱいいきなさい」

そう囁きながら腰を捻《ねじ》り込んでくるジェイドは、ほとんど服も乱れていない。額に少し汗をかいて髪が貼りついているが、それ以外はなにも乱れた様子がなかった。

（恥ずかしい、……ぼくだけ、いやらしい声をだして、いやらしくて、恥ずかしい……っ）

ジェイドはソラに挿入した身体を蠢《うごめ》かしながら、身体を屈めて乳首に噛みついた。ソラの身体が今までにないほど跳ねて震える。

「やぁああ、んん……っ」

乳首を噛まれた瞬間、体内に埋め込まれたジェイドの性器を強く締めつけてしまった。これにはジェイドも苦笑する。

「悪い子だ。私を追いつめるなんて。どこでそんな手練手管《てれんてくだ》を覚えたんだ。先ほどの話は本当だろうね。……本当に、誰もこの身体の中に挿《い》れてはいないんだね」

「あっ、あっ、あっ、あ……っ、ほんと、本当に、してな」

何度も腰を打ちつけられて、ソラの声が甘く乱れる。ジェイドは堪らないように目を細めて何度も抽挿をくり返した。

「ああ、すごい……っ。ソラ、きみはどんな魔法を使っているんだ。私を食い千切りそうなのに、いやらしく蕩けて煮え滾《たぎ》っている。なんて身体だ……っ」

ジェイドは熱く囁きながら、淫らに腰を動かした。

「やぁあ、ああ、とける、とけちゃうぅ……っ」

唇から零《こぼ》れた嬌声を聞いて、ジェイドが淫らな笑みを浮かべる。

「溶けろ。溶けてしまえっ」

彼らしくない乱暴な言葉を聞いた途端、ソラの身体がぎゅうっと締まる。ものすごく感じて身体中が熱くなった。その時、ジェイドの呻《うめ》き声が聞こえた気がした。

ソラは自分の身体が液体のようになるのを感じた。

何度も何度も身体の奥を抉られて、もう声が出ない。いつの間にか涙が溢れ、唇からは淫らに唾液が零れている。そんな淫らなソラの顔を見て、ジェイドが艶めかしい微笑を浮かべた。

「ああ、ああ、いく、いっちゃ、いっちゃう、いく……っ」

ぐりぐりと捏《こ》ね回されて、身体の奥がキュウッと絞られた。ジェイドが堪らないといったように息をつめる。

「くそ……っ、なんて身体だ。ソラ、これ以上絞られたら、私ももう駄目だ……っ」

「してな、してない……っ、ああ、だめ、あああ、いくいくいく……っ」

とうとう我慢できずに、ソラはジェイドの肌を汚すようにして射精してしまった。次の瞬間、耐えきれなくなったジェイドも、同じように体内に白濁を迸《ほとばし》らせた。

「あ――……っ」

頭の中が爆発するみたいだった。体験したことがない衝撃に、ソラは身体を震わせて更にジェイドを締めつける。

「ソラ、もう締めるな……、またいく……っ」

ジェイドはソラの体内から抜かないまま、二度目の絶頂を迎えてしまった。身体の中を熱いものが満たしていくのを、ソラは信じられない気持ちで感じていた。

「あ、あああ……っ」

ジェイドはソラを抱きしめて、深く溜息をついた。それから身体を起こすと、ソラの体内からゆっくりと性器を引き抜く。

「あ、あ、ん……っ」

「そんな声を出さないで。……私の我慢が利かなくなる」

淫らなことを囁きながら自らの性器を抜いたジェイドは、近くにあった布で身体を拭いた。そして服を整えると、寝台に横になったままのソラにくちづける。

「ん、んん……」

優しく抱きしめられて、何度も頬や額にくちづけられた。その唇が触れるたびに蕩けそうになると、ソラは身体を竦める。

「すまない。ソラがあんまり可愛くて、手加減できなかった。……身体はつらくない？」

甘い囁きに黙って、目を伏せる。身体の中は、確かに疼《うず》くような痛みがあったけれど、それよりもジェイドに抱きしめられている喜びのほうが強い。

「いいえ……、ジェイド様と抱き合えて、嬉しい……」

ソラの言葉を聞いて、ジェイドは困ったような顔になってしまった。その表情を見て、ソラは自分が変なことを言ったのかと、顔が真っ赤になる。

「あ、の、……ぼく、またなにか変なことを言いましたか」

頬を染めているソラを見て、ジェイドは目を細める。

「そうじゃない。……きみが可愛いのはわかっているつもりだったんだが、こんなに愛らしいと、もう一度、めちゃくちゃにしてしまいそうだ」

「え？」

ジェイドはまだ横になったままのソラの両脇に手を差し入れると、その身体を抱き起こす。

そして、頰にくちづけた。

そのくちづけはソラの頰を更に赤くしたが、ジェイドの胸に顔を伏せる。

「ソラ?」

「……て、ください」

「なんと言ったんだ。よく聞こえなかったんだが」

そう言うと、ジェイドは自分の肩に顔を埋《うず》めているソラを見た。ソラは頰を染め、目を潤ませてジェイドを見つめ返す。

「ソラ……」

「してください。……めちゃくちゃに、いっぱい、して」

その言葉を聞いた瞬間、ジェイドはソラを強く抱きしめて唇を奪った。洗練された皇子のくちづけとは思えないほど、荒々しい接吻だった。

ジェイドは唇を離すとソラを寝台に倒し、貪《むさぼ》るようにソラの唇を奪った。皇子の激情に振り回されたソラは、それでも恍惚《こうこつ》とした微笑を浮かべた。

「今の言葉は誠《まこと》か。いや。もう寝室での睦言《むつごと》にはさせない。――いいな」

きつい眼差しに射竦められ、ソラはこれ以上の幸福はないとジェイドの首にしがみつくように抱きついた。

「はい。……はい。してください。いっぱい、して……っ」

愛する男に求められ奪われるのは、こんなにも悦びを感じるものなのか。

蕩ける頭で、喜びに酔いしれていたが、そんな思いもすぐに奪われてしまう。ジェイドの抱擁は、ソラに考える時間を与えてはくれなかったからだ。

9

翌朝、宮殿はざわついていた。悪いことではなく、おめでたいことでだ。

今日はジェイドの従兄弟《いとこ》に当たる青年の、結婚の儀が執り行われるそうだ。もちろんジェイドやペルラ、そして国王も出席するので、朝から屋敷の中は大騒ぎだった。体調が万全でない王は身体に無理がないよう、車椅子《いす》を用意しての出席だ。

「すごいなぁ……」

階下では召使達が、あちこち走り回って準備に追われている。

しかし、ここへ来たばかりのソラは、なにも手伝えることがない。手伝うどころか、邪魔にならないように部屋に引っ込んでいるのが精一杯だ。それでも、この騒ぎには興味があって、廊下から階下の騒ぎを見つめていた。

「全く。大騒ぎだ」

冷静な声にハッとして振り返ると、淡い薔薇《ばら》色の衣装を身に纏《まと》ったペルラが立っている。

銀の糸のような髪は見事に結い上げられ、真珠の髪飾りがあしらわれていた。ほっそりした肢体と透き通るような白い肌に、淡い色の衣装は眩《まぶ》しいぐらいだった。

「わぁ……っ。妃殿下、お綺麗です……っ」

この屈託《くったく》のない賛美を、ペルラは気に入ったらしい。満足げに頷くと、ソラの傍まで歩み寄り、衣装の裾を持ち上げる。そして、ひらりとさせながら優雅に一礼した。ソラは思わず、ぱちぱちと子供のように拍手してしまった。だが、ペルラはそれさえも気に入ったようだ。

「ソラは実に正直だ。わたくしは、ソラのように素直な子供が大好きだぞ」

「だって本当にお綺麗です。聖堂に飾られている聖母様の像みたい……っ。すごく素敵です」

「ほほほ。そうか。もっと褒めてもいいぞ」

途切れることのないソラの賛美に、ペルラは慊焉《けんえん》と頷いた。謙遜《けんそん》する気は、一切ないらしい。それが嫌みにならないのは、彼女が自分の美貌を、ごく当然のものとして受け止めているからだろう。

「あの、妃殿下はどうして廊下におられるんですか。もうお支度が済んでいるなら、お出かけの準備をなさらないと」

ソラが小首を傾げて訊《き》くと、ペルラは頷いた。

「うむ。出かける準備もあるし、王のお傍にも行かなくてはならん。だが少々騒がしすぎて疲れた。なので気分転換をしようと部屋から出たら愛らしい顔をしたソラが、陛下を、ぽかーんと見つめているのが見えた。ものすごく間の抜けた仔犬みたいで実に愛くるしい」

どう聞いても褒められてはいなかったが、ソラはにこぉっと笑った。

「妃殿下。その仰《おっしゃ》り方だと、ぼくが変な人みたいです」

「おお、それは失礼。わたくしは先天的に気が利かず、おまけに口も悪いらしい。だが悪気はないんだ。許せ」

率直なペルラの言葉に、ソラはにっこり微笑んだ。

「いいえ。ぼくは妃殿下のことが大好きだから、ぜんぜん気になりません」

その言葉を聞いて、ペルラは目を輝かせる。そして「そうか」と頷いた。

だが、嬉しそうだったのは一瞬だ。ペルラはソラの瞳を見つめて意外なことを口にする。

「昨日はソラの目の前でジェイドを叱りつけて悪かった」

「え……?」

唐突に言われてソラが驚いていると、ペルラは眉を顰《ひそ》めた。

「ソラには全く関係ないのに、感情に任せて大声で怒鳴ってしまった。すまなかった。わたくしが悪い。酷いことをした」

女性であるにも関わらず、実に男らしい謝罪の言葉に、ソラは瞳を瞬《また》かせる。妃殿下ともあろう貴人が、ソラみたいな人間に頭を下げるなど、前代未聞だ。

「な、なにを仰っているんですか。妃殿下がぼくに謝ることなんて、なにひとつありません」

ソラが慌てると、ペルラは困ったような微笑を浮かべた。この表情はジェイドが浮かべる苦笑に、そっくりだった。

「わたくしを許してくれるのか」

「許すも許さないもありません。妃殿下は、そのままでいいんです」

動揺するソラを見て、ペルラは花が開いたような満面の笑顔で微笑んだ。

「そうか。ありがとう。では、今後はわたくしを妃殿下でなく、ペルラと呼べ。わたくし達は友達だ」

「……と、友達？」

どう考えても、自分と妃殿下が友達になれるはずがない。突拍子もない切り返しに面食らってしまったソラに構わず、ペルラは廊下の突き当たりに置いてある長椅子に腰をかけた。

「ソラ。おまえもおいで。一緒に座ろう」

手招かれたのでペルラの隣に腰をかける。すると、頭をぽんぽんと撫でられた。

「あの……、妃殿下様」

「妃殿下ではない。ペルラ様。……あ。やっぱり緊張します」

「は、はい。ペルラだ」

ソラが真っ赤になると、ペルラは、ぷっと吹き出した。

「ふふ。ソラは可愛いな。わたくしは息子が二人いるが、ソラのように接してくれたことはない。ジェイドもアンバーを慮《おもんぱか》ってか、わたくしに心から甘えてくることはなかった」

ペルラの一言で、ジェイドの言葉が甦る。確か彼女は、産後すぐにアンバーを聖殿へと奪われたという話だった。

なにを言っていいかわからず俯《うつむ》いたソラの頭を、ペルラはまたしてもぽんぽんと撫でた。

「ジェイドから、いろいろ聞いただろう」

「いろいろと言っても、ほんの少しです。妃殿下様が産後の身動きが取れなかった時、最高神《しん》祇官《ぎかん》様が陛下に余計なことを言ったせいで、アンバー様は聖殿に連れて行かれたと」

ペルラはソラの言葉に目を伏せ、しばらく無言だった。その時、透き通るように真っ白な頬が青ざめていくのを、ソラは見てしまった。

「そうだ。あの時、わたくしは無力だった」

溜息と共に零れた言葉は、ひとりの女性として、母親としての苦渋に満ちていた。

「王に嫁いで、すぐ懐妊《かいにん》し出産した小娘に、なんの力があろう。わたくしが出産した時、産後の肥立ちが悪くて寝込んでいた隙に、最高神祇官が陛下に面白くもないことを吹き込んでいた。だから異変に気づけず、我が子を守れなかった」

後悔の滲む声で口惜《くちお》しげにそう言うと、深い溜息をつきペルラは顔を上げた。ちょうどその時、廊下には窓からの陽射しが差し込み、ペルラの美貌を照らし出す。

「それ以後、何度も聖殿にアンバーを返してほしいと頼みに行ったが無駄だった。あげくには、国に災いが起こると言われ、わたくしも陛下も引き下がるしかなかった」

「そんなことがあったなんて。ペルラ様、おつらかったでしょう……」

ソラはそう囁き、ペルラの手をそっと握った。

自分でも、なぜそんな大胆な行動に出られたのかわからなかった。ペルラとソラでは、身分が違いすぎる。そして誰よりも身分差を承知しているのは、ソラ自身だ。だけど、全てのものに恵まれたこの人の悲しみを感じ取ると、堪らない気持ちになったのだ。

「ソラは優しい子だ」

無礼な行為をされているのに、ペルラは怒らなかった。ただ、自分の手を握り締めるソラの手を同じように握り返す。

「わたくしは陛下の申しつけに逆らって、そのあともアンバーに面会を申し込んだ。数え切れないほど、何回もだ。けれど、一度も返事はない」

「あの、では最高神祇官様から大神官様に、妃殿下とお会いになるよう命じてもらってはどうでしょうか」

ソラは前々からの疑問を口に出してみた。アンバーは年若いし、聖殿の中にはもっと年嵩《としかさ》の神官達はたくさんいた。

「たしかに最高神祇官は大神官より偉い。だが、ここしばらく病で臥《ふ》せっているんだ」

「あ……、そうだったんですね」

「ああ。だから代理を大神官であるアンバーが務めているそうだ」

だからアンバーが上に立ち、他の神官達に命令できるのか。ソラはようやく納得がいく。そこまで聞いて、ソラはもうひとつの疑問が浮かんだ。

「でも、アンバー様は赤ちゃんの頃に、脅されるみたいにして聖殿に来たんですよね。どうしてそこから大神官にまで偉くなられたんですか。だって聖殿には他にも神官がたくさんいるのに」

その問いにペルラは困ったように両手を上げた。

「さぁな。ただアンバーは幼少時から神官になるため、ずいぶん熱心に勉強をしていたらしい。そして、とんでもなく優秀だったようだ」

そう聞いて、ソラの胸は締めつけられるように切なくなる。

頼るべき親と離れた子供は、なにも持っていなかったのだ。だから必死に勉強し、自分の身を守るように勉強に励んだのだろう。自分を守れるのは自分しかいない。だからこそ他の神官が追いつかない速度で、学問を修めたのか。

ペルラも同じことを思ったの表情が昏《くら》い。潑剌《はつらつ》とした幼少期を過ごすことができなかった我が子に悔やむ気持ちがあるのだろうか。

「アンバーは、どれだけの軋轢《あつれき》を受けて聖殿で生きていたのか。それを思うと胸が締めつけられるように苦しい。……わたくしが苦しんでも、どうしようもないがな」

ペルラは囁くように言うと、物悲しい表情を浮かべた。

この天真爛漫《てんしんらんまん》と言っていい妃殿下が、このように沈んでいるのを見るのは、ソラもつらい。

「そうだったんですか。ぼく、なんにも知らなくて……。嫌な話をさせて、すみませんでした」
「お前が謝る必要はない」
ペルラは素っ気なく言って、俯いてしまった。
「定期的にジェイドに、聖殿に行き面会を申し出てもらっているんだ。わたくしの名代として
な。だが、それも全て門前払いだ。一国の后の代理を受け入れないとは、わたくし達をよほど
怨《うら》んでいるのだろう。……それも当然だがな」
それでジェイドがあの日、聖殿に来ていたのかと思い至る。こうやって考えると、ソラがジ
ェイドに出会えたのは、本当に偶然としか思えない。
もしジェイドが聖殿に来ていなければ、ソラの到着が一日でも違っていたら、自分達は会え
なかったかもしれない。そして知られることなく、ソラは生贄《いけにえ》として神へ捧げられていた。
あの出会いは、奇跡だったのだ。
そこまで考えた時、ペルラに握られたままの手が、再び強く握り締められる。ソラが顔を上
げると、彼女は真剣な顔で自分を見つめていた。
「あの……」
「わたくしは、息子を愛している。ジェイドはもちろん、アンバーも等しく愛おしい」
毅然《きぜん》とした口調ではあったが、その声は苦渋に満ちている。ソラは自分の手を握り締めるペ
ルラの手にもう片方の手を重ねて包み込んだ。

「だが、わたくしはアンバーに、なにもしてやることができない。どれほど愛そうと、わたくしの気持ちをわかってはくれないのか」

ペルラの嘆きに、ソラは言葉を挟むことができなかった。この悲しみには、終わりがないとわかっているからだ。

母親の許に我が子が還《かえ》ることがなければ、彼女の悲しみも苦しみも延々と続いていくだけ。その切なさと、やるせなさを感じるだけで、涙が出そうになる。

ペルラはしばらく無言で俯いていたが、顔を上げてソラを見つめた。

「……すまない。ソラにはなんの関係もないのに、長々と愚痴ってしまった。忘れてくれ」

「いいえ。ぼくなんかでよければ、なんでも仰ってください。き、聞くことしかできませんけれど、それで少しでもお気持ちが楽になるなら」

ソラがそう言うとペルラは目を細めた。そんな表情をされると、本当の聖女みたいだった。

「母上。こちらでしたか」

その声にソラが視線を上げると、黒の礼服を着たジェイドがこちらに向かって歩いてくる。かっちりした服を着ると、その美麗さが更に増していた。

――すごい。なんて、……なんて素敵なんだろう。

ソラが頬を赤らめていたのがおかしかったらしく、ジェイドは口元に笑みを浮かべている。

「おちびちゃんは、どうしたのかな」

からかっているのか、おどけた口調で言われてしまった。ソラは真っ赤になって俯く。

「おちびちゃんって、ぼく、そんなに小さくないです」

ジェイドは身を屈めて、真っ赤になったソラの耳朶《じだ》に囁いた。

「きみは、小さくて可愛いよ」

そう囁くと、居ずまいを正してペルラに向き合った。

「母上。そろそろ下へ。馬車の支度ができております。父上も、もう馬車に乗られています」

「そうか。では、わたくしも参るか」

先ほどまでの苦悩を押し隠し、毅然とした美しさを見せながら、ペルラは長椅子から立ち上がった。それからソラに向き合う。

「つまらないことを申して、悪かった」

そう呟くと、優雅な足取りで歩き出した。そして控えていた傍仕えの召使に導かれながら、ペルラは豪華な階段を下りていった。

「母上のお相手、ご苦労様」

ジェイドに言われて、ソラは頭《かぶり》を振った。

「ぼくはペルラ様が大好きですから、ご苦労様なんかじゃないです」

そう言われたジェイドは苦笑して、ソラの肩に手を置く。

「ありがとう。今日は婚姻の儀で、ほぼ一日拘束されるだろう。だが、帰ってきたら……、ゆくり過ごそう」

そう囁くと、再び顔をぐっと近づけてくる。そして頬にくちづけた。

「行ってくる。見送りはいいよ」

そう言って階段を下りて出かけていった。

「ジェイド様……」

気の利いた返答ひとつできずに、ソラはジェイドの後ろ姿を見つめた。

今のくちづけは、なんだったのだろう。ソラとジェイドは褥《しとね》を共にしたけれど、こんなくちづけを受けていいのだろうか。

相手は一国の皇子。それなのに、召使達に見られるかもしれない場所で、くちづけるなんて。

「い、いけないっ」

ぼうっとしていたせいで、出遅れた。一家を見送らなくては。急いで階下へ下りると、一家を乗せた馬車は既に大きな敷地内を出て行くところだった。

「行っちゃった……」

自分の鈍さに自己嫌悪に陥る。どうして、こんなに気が利かないのか。

「ソラ様。よろしければ、朝食の準備が整っております」

そう声をかけられて振り返ると、召使達がお辞儀をしてソラを待っていた。

「あの、いえ。ぼく、自分で適当に」

「ソラ様のお世話は、ジェイド様に申しつけられております。どうぞ」

慇懃《いんぎん》でありながら、実に強引な召使達の手によって、ソラは屋敷の中へと連れ戻されてしまった。テラスに用意された朝食を見つめて、ふとグルナの作ってくれた食事を思い出す。

「グルナは、どうしているのかな」

ジェイドが聞いたら、またしても嫉妬するようなことを呟きながら、ソラは用意された食事を頂くことにした。

テラスは広々としていながら、外からの視線はまるで気にならない特等席だ。眼下に広がる木々は優しく風に揺れ、とても気持ちが落ち着いた。

「ソラ様。おかわりはいかがですか」

「あ、ありがとうございます」

途中、召使が熱いお茶を用意してくれる。ふんわりした香りのお茶を前に、ソラは目を閉じた。

贄として囚われたことが、まるで嘘のようだ。

こんなに穏やかで満ち足りた時間を、自分が過ごせるなんて信じられない。今、ここで全てが夢だと言われるほうが、まだ信じられた。

贄の家と呼ばれたソラの家系は、自分達の一族を贄にするという古い因習から、逃れられないと思い込んでいた。先祖が贄を差し出したから、自分達も倣《なら》わなくてはいけないと信じ込み、逆らうことなんて考えもしない一族だった。

どうして贄を呈することを、拒もうとしなかったのだろう。

どうして幸せになろうと運命と戦わなかったのだろう。いや……、自分も同様だ。

ソラの胸に過《よぎ》るのは、過去の因習に立ち向かわなかった自分の両親と、連綿と続く一族への疑問、そして悲しみだった。

全てを忘れたくなり溜息をつき、お茶に口をつける。甘い香りは、どこかで嗅《か》いだ気もするが思い出せない。

どこかで嗅いだ香り。……どこでだっけ。

その時、ふわりと風が舞った。つられて顔を上げると、そこには愛おしい人が立っていた。長い外套《がいとう》を着てフードを目深に被ったジェイドは、ソラに向かって優しく微笑んでいる。

「ジェイド様！　どうしたんですか」

ソラが立ち上がりジェイドを迎えようとした瞬間。くらっと視界が揺れる。慌ててテーブルに摑まるが、眩暈《めまい》は治まらなかった。

「ソラ。具合が悪そうだ。大丈夫かな」

目の前に立つジェイドが、唇の端だけ上げて微笑んでいる。その表情を見て、ソラは眩《くら》む意識の中で違和感に襲われた。

なぜジェイド様は微笑んでいるんだろう。

ソラの様子がおかしいのに、どうして彼は気にしてくれないのだろう。

いや、それどころか面白がっているような、愉しんでいるみたいな顔だ。そんな表情を浮かべるのは、なぜだろう。

「ジェイド、……さま……」

身体の自由が利かなくなっていく。この香りのせいだろうか。どうしてだろう。どうしてどうして。……どうして。

がくっと膝から力が抜けて、床に倒れ込みそうになった。その瞬間、両手が伸びてきてソラの身体を支えてくれる。逞しい腕はジェイドのものに間違いない。

「ジェイド様……」

ちょっと具合が悪いけど、ジェイドがいてくれる。だからもう大丈夫。具合が悪いのなんか横になっていれば、すぐ治る。だから大丈夫。

ソラがジェイドの腕に額を擦りつけて甘えるような仕草をすると、大きな掌《てのひら》が髪を撫でてくれた。その感触に、また安堵の気持ちでいっぱいになる。

ジェイド様。やっぱりジェイド様だ。

優しくて頼り甲斐があって、ソラをいつも守ってくれる皇子様。この人がいてくれれば、なんの心配もない。なにも怖くない。

「可哀想《かわいそう》に。でも、大丈夫。ソラはこの薬が大好きだから、すぐに気持ちよくなれます」

その言葉に、閉じかけていた瞼が開いた。

「くすり……?」

「そう。おまえが大好きな薬です。もうこの香りを忘れてしまいましたか」

ジェイドは、今なにを言ったのだろう。薬。薬とはどういう意味なのだ。

ジェイドは顔を近づけると、どこか冷ややかな微笑を浮かべてソラを見下ろした。その不遜《ふそん》とも言える表情を見た瞬間、ソラの身体は凍りつく。

「ちが、……ちがう……っ」

ちがう。この人はジェイドじゃない。

反射的に腕を振り回し、もがいたつもりだった。だが、実際は子供が駄々を捏ねているみたいに腕を緩く振り回しただけだ。

ジェイドと同じ顔をした青年はソラの様子を見て目を細めると、力が抜けている身体を抱き上げ甘い声で囁いた。

「ソラ。迎えにきました。おまえは神の花嫁。一緒に聖殿に帰りましょう」

10

なんだか、ものすごく、きもちがいい。

ソラは身体がふわふわするのを感じて、うっすらと目を開く。目の前は暗かったけれど、人が動いている。その後ろに、きらきら光る硝子《ガラス》が見えた。

――……これは見覚えがある。この美しい色硝子は。

「気がついたようですね。気分はどうですか」

聞き覚えのある声。そして、嗅ぎ慣れた甘ったるい香り。ソラが目を伏せると、くすくす嗤《わら》われる気配がした。

「薬を増やしたから、身動きが取れないでしょう。この夢見心地のまま、神の御許《みもと》に嫁ぐのです。なんの苦痛も恐怖もなく、ただ夢に酔いしれているままで」

アンバーはそう言うと、ソラの顎を持ち上げて上に向かせる。

「おまえは神の花嫁として、天界に嫁ぐ。そして、私の中で永遠に生きていくのです。大祭が中止になったと伝令が来たが、私が大神官を務めている代に、そのような不名誉なことは絶対にさせない……っ」

不名誉。大神官。大祭の中止。

そうだ。国王は大祭を中止させると言った。正式に国王が発言したのだ。それなのに、どうして、贄を必要としているのだろう。

「聞き及んでいるかもしれないが、大祭は国王の命により取り止めとなりました。だが、国王など関係ない。最高神祇官様のお言葉は、国王など凌駕《りょうが》する力を持っているのです」

アンバーの言葉遣いは、平常のとおり丁寧だ。だが、目つきがいつもと違うとソラは気づく。いつも冷ややかな眼差しをしていた青年のそれは、狂気をはらんだ熱を帯びていた。

「アンバー、様……っ」

「最高神祇官様のお言葉が全てです。あの方は、死にぞこないの国王などより強大な力がおありになる。百年に一度の大祭を執り行えば、このイムベリウムは平和でいられ、永久の悦びを手に入れることができるのです。そのためには大祭は必要不可欠なのだ……っ！」

ソラは薬で酔った頭の中で、単語がぐるぐる回るのが気持ち悪かった。アンバーがなにを言っているのか、全く意味がわからない。

わかることは、ただひとつ。アンバーは、国王を退けてこの国の権力を聖殿のものにしようとしている。

止めなくちゃ。そんなことをアンバーにさせてはいけない。

ジェイドがどれだけつらい思いをするだろう。なによりペルラが、どれだけ悲しむだろう。

アンバーを聖殿に取られて、あれだけ悲しみ、怒りを覚えているのだ。その愛しい我が子が父母を裏切り大罪を企《くわだ》てているなんて知ったら、ペルラはどれだけ自分を責めるだろう。

「だめ……、いけませ、ん……っ」

ソラは必死になって身体を動かそうと試みた。適わないまでもアンバーを拘束して、この罪《ざい》咎《きゅう》を差し止めたかった。

ジェイド達のために、絶対に止めなくてはいけない。例え、自分の身が滅んでも、この大罪を絶対に許してはならない。

その様子を見て、アンバーは嘲《あざけ》るような忍び笑いを洩《も》らす。

「おまえは聖殿の礎《いしずえ》となり、永遠にこの国の花嫁として讃《たた》えられる。なんとすばらしいことだろう。……そう。ソラは神の花嫁だ。ジェイドになど渡すものか」

ソラはなにを言われているのか、頭では理解できた。だが、鉛のように重い身体は全く動かなかった。このまま沈み込み、寝台どころか床まで突き抜けてしまいそうな幻覚に囚われて身動きが取れない。

アンバーは目を細めて微笑むと、ソラの唇に更なる薬を流し込んだ。

「う……っ、ううぅ……っ」

「飲みなさい。さぁ、大きく口を開いて。喉の奥まで飲み込むんだ。……飲みなさい」

震えるソラの喉奥まで薬を注ぎ込むと、アンバーはくすくす笑い出す。

「ふふ。これでジェイドのものを、ひとつ取り上げることになるのかな。……なにもかも恵まれた男から、大切にしているものを、私がこの手で奪うのか。これはいい余興だ」

アンバーはそう囁くと、自分の腕の中で力を失っていくソラを見て、満足げに頷いた。

「ソラ。おまえが私に逆らうのなら、あの皇子様を血祭りに上げてやろう。……いや。ジェイドだけではない。のうのうと玉座に座る恥知らずな王と后も、同じように殺してやる」

アンバーの呪詛《じゅそ》に満ちた言葉を聞いた瞬間。ソラの指先がぴくりと反応した。

この薬を使われた者は本来、外界の音などに反応せず、ただ体内に流れる催淫《さいいん》効果に耽溺《たんでき》するのが常である。しかし、ソラは自らの意思で目を開き自分を覗き込むアンバーを見つめた。

「ジェイド様を、……殺さないで……」

ジェイドだけじゃない。国王も、もちろんペルラも。誰も殺さないで。誰も傷つけないで。

アンバーはソラの言葉を聞くと、冷たい瞳で見据える。その眼差しには、嘲りも含まれていたが、朦朧《もうろう》としたソラは気づくことができなかった。

「殺すか殺さないか。それはおまえ次第。もし、私から逃げようとするならば、ジェイドの命はありません。国王夫妻の命も」

アンバーは本気だ。本気で国王一家の破滅を望んでいる。ソラは、ぐらぐらする頭で必死に考えた。自分になにができるのだろうかと。

自分が生贄になればいいのか。この命を捧げれば、アンバーはジェイドやペルラ、そして国王を見逃してくれるのか。

ジェイド。初めて会った時からソラを庇《かば》ってくれた人。大切な翡翠《ひすい》の首飾りを差し出してくれた人。あんな人、初めてだ。

抱きしめ合ったあの夜。すごく優しかった。胸がどきどきした。嬉しくて嬉しくて、おかしくなりそうだった。

ジェイドに手を出させない。なにがあっても、ジェイドには、ずっと健やかに暮らしていてほしい。あの人になにか災いが降りかかるというのなら、自分は躊躇《ためら》わず、この身を捧げよう。

「ジェイド様、……ジェイドを、殺さない、で……っ」

アンバーはソラの顎を指で上向かせると、くちづけてきた。熱い舌先がソラの唇をこじ開けて、なにかの小さな粒を押し込んでくる。

「ん――――っ」

抗《あらが》うこともできずに、ソラはその粒を飲み下してしまう。

毒。毒だ……っ。

一瞬でそう悟ったソラは、喉元を押さえて身体をよじる。飲み込んでしまった粒を吐き出したくて、口に指を突っ込もうとした。けれど、腕は震えて言うことを聞かない。

吐けない。駄目だ、駄目だ。もう、本当に、本当にもう駄目。

いつの間にか涙が溢れて頬を濡らす。気持ちは焦るのに、身体はふわふわと宙を舞うみたいに揺れていた。

ジェイド様。ジェイド様に、もう一度だけでいいから会いたかった。

ジェイド様だけじゃない。ペルラ様にも国王陛下にも、グルナにも会いたかった。会って、さようならを言いたかった。

――――ううん。本当に会いたいのはジェイド様。本当に抱きしめてもらいたいのは、ジェイド様ただひとり。

がくりと身体が崩れ落ちるのを、アンバーは冷たい瞳のまま見つめていた。彼は震えているソラの顎を再び持ち上げると、一言一句、区切るようにして言った。

「ソラ。おまえはまだ殺しません。おまえは、聖殿の祭壇の上で殺します。今、飲ませたのは昨日の催淫薬と同じもの。ただし、効き目は比べ物にならないぐらい強い。さっさと夢の中に堕ちるがいい」

アンバーはそう言うと、再びソラの唇を奪い、緩く開かれた口腔を舌で舐める。それからソラの身体を離した。

「ジェイドとやらは、この子供のなにがいいんだ」

皮肉げに囁くと唇を袖で拭い、意識を失っていくソラから離れる。そして、廊下に控えている者を呼びつけた。

「誰かいないか」

その声に呼ばれてきたのは、年老いた痩軀《そうく》の神官だった。

「お呼びでございますか」

「この少年を花嫁に相応《ふさわ》しい服に着替えさせてから、内陣に寝かせておきなさい。大祭まで、あと少しだ」

「かしこまりました」

アンバーはそう言いつけて、聖殿を出て行く。言われた神官は意識を失ったソラを抱え上げると、手早く裾の長い服を着替えさせた。簡略化されたものだが、絹で作られた、真っ白な衣装だ。裾が長い服を着ると、ソラは少年にも少女にも、どちらにも見える
神官は着替えを終わらせると、そのままソラを抱き上げようとした。だが、すぐに腰を押さえて座り込んでしまった。

「おお。これは、ひとりで運ぶのは無理だ……」

神官は人ひとりの重さに困り果て、誰か人を呼ぼうとしたその時。

「神官様。私でよろしければ、お手伝い致しますが」

聖殿の扉を開けて、青年が入ってきた。その言葉に、神官は助かったとばかりに安堵の表情を浮かべる。

「助かる。私は腰が悪くてね。この子を内陣まで運んでもらえるかな」

「かしこまりました。お任せください」

青年は倒れているソラの身体を軽々と抱き上げて、内陣と呼ばれる聖職者専用の空間に運び

入れた。ここは一般人が足を踏み込むことは許されない、聖櫃《せいひつ》を安置するための、聖堂の中で一番の聖域だ。

ソラは内陣の床に、そのまま寝かせられた。青年は自分の着ている上着を脱ぐと、ソラの身体にかけてやる。

「神官様。こちらでよろしいでしょうか」

青年が声をかけると神官は様子を見て頷いた。

「うむ。この少年は大祭での贄を務める、大切な人間だ。粗相がないようにしないと。まぁ、薬を使われているから、問題はないがね」

そこまで話をしていた神官の声が止まる。青年が突然、神官の鳩尾《みぞおち》を握り拳《こぶし》で抉るように殴ったのだ。神官はズルズルと床に崩れ落ちてしまった。

青年は気を失った神官に猿轡《さるぐつわ》を嚙ませると、両手と両脚を一まとめに縛りつけて、聖櫃の中へ押し込んでしまった。聖櫃とは、通常ならば聖人の不朽体を納める聖なる箱である。だが、本来の目的で使われることは、まずない。言わば装飾された大きな箱だ。誰も開けることはなく、中から開けることも困難だろう。

蓋《ふた》を閉めた青年は床に寝かされたままのソラの傍に片膝をつき、しゃがみ込んだ。ソラはまだ薬で朦朧としている。そのソラの乱れた髪を撫でて、青年は痛々しそうに眉を寄せた。

その時、ソラは朦朧とした意識の中で、薄ぼんやりと人の輪郭を認識できた。まだはっきりしない頭で、微かな人の気配とその声を感じ取った。

「気がつかれましたか、ソラ様」

穏やかかな低い声。大きな手。そして、どこか鋭さを感じさせるその空気。

「グル、ナ……？」

「はい。グルナです。このような目に遭われるとはお可哀想に。すぐに殿下の許へ参りましょう。なんの心配もいりません」

ソラは震える手でグルナの服の裾を握り締め、溜息をついた。

「よかっ……、グルナ、グルナがいた……」

夢の中にいるような感覚だったので、グルナもまた幻かもしれないと思った。だが、手の中には彼の服があり、目の前には実物がいる。

「私はいつでも、ソラ様を見守っております。さぁ、参りましょう」

優しい言葉にソラは安心して、強張る瞼を閉じた。だけど。

「贄から手を離せっ、この下郎がっ！」

怒号と共に大勢の神官達が内陣へと突入してくる。床に片膝をついていたグルナが体勢を立て直そうとした瞬間。

大きな音がして、グルナが床に倒れ込んだ。一瞬の出来事で、なにが起こったのかもソラは理解できなかった。重い瞼を開け目にしたものは、自分を庇うように倒れたグルナの姿だった。

騒いでいた神官達が一瞬で凍りつく。しかし、ただひとり、悠然としている男がいた。

アンバーだ。

彼は手にしていた大きな剣《つるぎ》を鞘《さや》に納めると、倒れているグルナの身体を足で蹴った。

「ジェイドの腰ぎんちゃくが、鬱陶《うっとう》しい」

床に伏していたソラは、目の前に倒れている哀れなグルナを見ていた。その瞳に、どんどん光が戻ってくる。生気が息吹いた煌《きら》めきだ。

「グルナぁ――――っ！」

悲痛な叫びが聖堂に響く。グルナはピクリとも動かなかった。その軀《むくろ》に縋《すが》ろうとして震える身体を起き上がらせると、すぐに別の手がソラの身体を支える。

「もういい。贄を祭壇へ。これから、大祭の儀を執り行います」

アンバーの言葉にざわめきが起こった。古来より大祭の日取りは占いによって決められる。その日の深夜に贄は神に捧げられるのだ。このような昼日中、なんの準備も祈りもなしに大祭を執り行うなど、前例がない。

「だ、大神官殿。このような場で突然、贄を捧げられるのは……」

見かねた神官のひとりが口を出したが、アンバーは全く構っていなかった。それどころか、口元には笑みさえ浮かべている。

人を斬って棄《す》てたというのに、彼にはなんの慚愧《ざんぎ》の念もないようだった。

「大切なのは形式ではく、神に贄を捧げることです」

「し、しかし王室から中止命令も出ているというではありませんか。強引に祭祀《さいし》を執り行い、万が一にも聖殿にお咎《とが》めがあれば、それこそ……」

もっともな神官の言い分だったが、アンバーは冷ややかな視線を向けるばかりだ。

いや。冷ややかなどという、生やさしいものではない。彼が浮かべているのは、あからさまな嘲笑《ちょうしょう》だった。

「臆病風に吹かれた者は去れ」

真下に倒れているグルナを一瞥《いちべつ》すると、アンバーは神官達に鋭い眼差しを向けた。

「王室に味方する者も心弱い者も去れ。私の考えについてこれぬ者もだ。最高神祇官殿の代理である私に従えない者は去るがいい」

「大神官様。どうかお聞きください。私は」

「黙れ！　最高神祇官代理人である私が決めたことに逆らうな。私の言葉は、最高神祇官殿のお言葉と心得よ。今、この時、この場で、この贄を屠《ほふ》り神に捧げる！」

アンバーはそう鋭く一喝すると、腕の中に捕らえているソラを抱き上げ、祭壇に向かって歩き出す。

「はなして、離せぇ――……っ」

満足に動かない手を振り回したが、アンバーの力に敵うわけがない。逃げることもできないまま、ソラは祭壇へ導かれてしまった。

祭壇に行くまいとして、ソラは必死で抗った。

今まで一度でも、こんなに死にもの狂いになったことはない。だが今は、文字どおり一心不乱で抵抗していた。

アンバーは必死に争うソラを見て、不思議そうな顔を浮かべる。なぜこの贄は無様なほど抵抗するのか、全くわからないという顔をして見せたのだ。

怖かった。人の気持ちがわからない、このアンバーという男が怖かった。

尚も逆らうソラに、アンバーは少し眉を寄せる。

「なぜ抵抗するんですか。今日は、おまえと神との婚姻の日です。なんと喜ばしいことでしょう。おまえは永久に神の傍にいることを許され、神の花嫁となる。そして永遠にこの国を見守り続けるんです」

アンバーは子供を諌《いさ》めるような口調でそう言った。冷静なアンバーとは全く対照的に、ソラの顔は涙で濡れ真っ赤で、みっともないものだ。

だが、それは生への執着の顔だった。

生きとし生ける者として当然の、生きるための抗議なのだ。

「ふふ。なんて汚い顔だろう」

だがアンバーは事も無げに言った。なんの感情もない声だった。

神官達はソラのこの抗いに戸惑いながらも、祈りを捧げ始める。逆らうことができないのはソラだけでなく、神官達も同じなのだ。

もう。もう駄目だ。もう、首を刎《は》ねられる……っ。

覚悟していたことなのに、恐怖で身体が強張り竦んでしまう。

その恐怖も怯えも当然だ。なぜならば、ソラは知ってしまった。愛される歓びを。生きることの幸福を。この世界の美しさを。

誰にも愛されない日々を送っていた頃と、今のソラとでは全く別人だった。人間として当たり前の感情が芽生えたからだ。

アンバーはそんなソラを見て、恍惚とさえ見える、そんな表情を浮かべて微笑んだ。

「安心しなさい。おまえに苦しみは与えぬと、約束しましょう。苦痛も恐怖もなく、神の御許へと行けるのです。なんという幸福でしょう」

信じられないことを言ってのけるアンバーは、全く平静だった。本気で彼はソラを贄として捧げて、百年に一度の大祭を完遂させようとしているのだ。

「離してください。ぼくは死にたくない、……死にたくありません……っ」

「ソラは死にたくないのですか」

「……死にたく、ないです……っ」

アンバーはソラの訴えを聞くと、慈愛に満ちた表情を浮かべた。

「そう。誰も死にたくない。ずっと生きてたい。だけど、それは叶えられない願いです」

ジェイドと同じ顔をしていながら、アンバーは残酷なことを淡々と言った。

「死ぬ時は誰でもひとり。どれほど人徳があろうと、教養深かろうと、美しくても醜くても、老いていても若くても子供でも、必ずひとりで死にます。誰もが死から逃れられない。誰も救われることはない。そして死ねば、誰もが忘れ去られる。過去の人間となってしまうのです」

アンバーの表情は、静謐《せいひつ》とすら形容できる穏やかな表情を浮かべていた。ソラを殺すという行為に対して、彼は無心ですらあった。

「どんなにもがいても、誰もが無になる。身を焦がすほどの恨みや憎しみも消え失せ、なにもなくなる。虚《むな》しい終結を迎えなくてはならないのです。だけどソラは死を持って、神の花嫁となるのです。なんという栄誉、なんという誉れでしょう」

アンバーは祭壇へ辿《たど》りつくと、床へとソラを下ろした。そして先ほどグルナを斬った剣を、すらりと鞘から抜く。

人を斬るための剣が、美しく輝く。その光に、ソラは一瞬だけ見惚《みと》れてしまった。

「アンバー、……さま……」

「処刑人に、このような愛らしい首を刎ねさせるのは、あまりにも不憫《ふびん》。私が一刀で神の許へ送ってあげましょう。苦痛は感じさせません。そう、先ほど斬り捨てた男と同じように」

その一言で、ソラの脳裏にグルナの姿が甦った。

グルナ。素っ気なかったけれど、優しい人だった。おいしい食事を作ってくれた。危険を冒《おか》してでも、ソラを助けてくれた。

「あの男、じゃない……」

ソラの唇から低い声が洩れる。呪詛にも似た、人を怨み憎む音吐《おんと》だった。

さすがにソラの変わりようにアンバーは眉根を寄せ、怪訝《けげん》な顔をした。

「なんですって？」

「あなたが斬り棄てた人は、あの男なんかじゃない。彼の名前はグルナだ！」

怒りに満ちた表情で、ソラは正面からアンバーを睨みつけた。今までのソラならば考えられない、強い視線だった。

殺されるとわかっていながら、諦観《ていかん》し聖殿にやってきたソラは、屠《ほふ》られる羊と同じだった。従順といえば聞こえはいいけれど、自分の運命を他人に委《ゆだ》ねていた。結局は考えることを放棄していただけ。

だけどジェイドに会った。ペルラに、国王に、グルナに会って、少しずつ考えるようになった。

自分は、殺されるために生まれた家畜じゃない。自分は人間で、生きるために生まれてきたのだと。

誰かを大事に思うこと。大切にすること。そして愛おしいと抱きしめて、くちづけること。

誰かが誰かを踏みにじっていいわけがない。誰にも他人を潰す権利なんかない。人が人を殺《あや》めていいはずなどない。

そう。例えこの国が誰かの命と引き換えに、見せかけの平和に耽溺していたとしても、アンバーにだって、人を殺していい権利なんか絶対にない。

「ソラ！」

その時。アンバーと睨み合っていたソラは、大きな叫び声を聞いた。

ハッとしてソラとアンバーが振り返ると、目に映ったのは、扉を開け転がるようにして走り込んでくる、ジェイドの姿だった。

11

「アンバー。おまえには、ソラを絶対に渡さない」

大声で叫ぶジェイドが、ソラ達のほうに大股で歩み寄る。周囲の神官達も、さすがにジェイドに対しては手出しができずに戸惑っていた。

ジェイドは祭壇まで歩み進むと、茫然《ぼうぜん》としているソラの手を引き寄せる。

ジェイドの叫びに、アンバーは冷ややかな眼差しを浮かべるだけだ。あれほど欲していた贄を奪われたというのに、眉ひとつ動かそうとしない。

「なんと愚かな男か」

「なにが愚かだ。このような騒ぎを起こすおまえが、それを言うか」

「ジェイド。おまえと血が繋がっていることが、これほど恥ずかしいと思ったことはない。どこまで私の邪魔をすれば気が済むんだ」

アンバーは素っ気なく言い放つと、嘲りに満ちた微笑を浮かべる。

「生まれてから、ずっと聖殿に追いやられていた。だが、おまえは両親に慈《いつく》しまれ、栄華を享受していた。おまえは双子の兄に生まれただけだ。それなのに、この差はなんだ」

その独白に、ジェイドは声を失った。

今まで、兄としてアンバーの不遇に、なにも感じなかったわけではない。むしろ幽閉《ゆうへい》されて育った弟が不憫だと思っていたからこそ、母の名代を務め、何度も聖殿に足を運んでいた。

その気持ちはアンバーには通じていなかった。それどころか、憎しみの篭《こ》もった眼で睨みつけられている。

「生まれてから、ずっと神官達に見張られるようにして暮らしていた。生き延びるだけで精一杯だった。最高神祇官の教えを守り、やっと大神官まで昇りつめたのだ。その私が大祭を望み贄を神に捧げたとして、なにが悪い。私の邪魔をするな！」

「アンバー……」

「気安く我が名を呼ぶな。おまえに気安く名を呼ばれる謂《いわ》れはない！」

その叫び声に、ソラは身体が凍りつく思いだった。

生まれた時間の差で、兄は皇子、弟は聖殿の奥に追いやられた。弟は親に棄てられたも同然の扱いを受けたのだ。だが一方で、ジェイドが苦しまなかったわけがない。

むしろ優しく人の痛みがわかる彼だからこそ、臍《ほぞ》を嚙むような気持ちで、生まれてからずっと離れて暮らす弟を思っていたはずだ。

どちらの苦悩も痛いほどわかるからこそ困惑するソラに向かい、アンバーは手を差し伸べた。

「さぁ、ソラ。こちらにいらっしゃい。薬が切れてしまったのなら、またいくらでもあげましょう。おまえは贄の家に生まれた子。役目を果たさなくてどうするんですか」

アンバーは真っ直ぐにソラを見据え、そして手を伸ばしてくる。ソラは凍りついたようにその手を見つめながら、無意識に首を横に振っていた。

「贄から逃げれば、神の雷《いかづち》がおまえの身を焼き尽くすでしょう。おまえの愛しい人も、すべて焼かれて苦しんで死にます。そんな酷いことを、おまえは望まないでしょう。さぁ」

「違う……」

差し出された手を見つめながらソラは呟き、身体を強張らせる。

（ちがう。違う違う違う……っ。この声を聞いては駄目だ。この瞳に惑わされては駄目だ。ぼくはもう、誰の言いなりにもならない……っ）

そんなソラを突然ジェイドは強い力で抱きしめ、アンバーに向かって叫んだ。

「ソラを差し出さないことによって、神の雷が身を引き裂くというのか。そうか。では、喜んでこの身体をくれてやる！」

張り裂けんばかりの怒号に、その場にいた全員の身が凍りついた。皇子であるジェイドの叫びが、神官達の心を鷲摑みにしたからだ。

「愛する者を犠牲して、なにを得る。なにが満たされる。犠牲の上に成り立つ幸福などいらん！」

その言葉に誰よりも動揺したのが、ソラだった。

（そんな、そんなこと、絶対に絶対に駄目だ！）

ジェイド。優しくて気高くて、誰よりも美しい皇子様。

（この世で一番大切な、かけがえのない宝物……っ）

ソラは縋るようにジェイドにしがみついた。

「ジェイド様、やめてください、駄目ですっ！　ぼくの命でいいのなら、いくらでも差し出します。あなたを犠牲にして幸福になれるわけがありません。ジェイド様がいてくれなくちゃ、駄目なんです……っ」

必死にしがみつくソラの身体を引き離すのではなく、ジェイドは強く抱きしめた。そして尚、宙に向かって叫ぶ。

「贄を犠牲にして得る平穏など、いつかは崩れる。愛する人と引き換えにして受ける恩恵など、所詮は瞞《まやか》し。そんなもの、いっそ砕け散るがいい！」

しがみつくソラを強く抱きしめ、ジェイドは尚も声を張り上げた。

「神よ！　万能なりし我がイムベリウム神よ！　今ここで、愚かな人間の肉体を差し出そう！」

その声は聖堂の中に大きく響き、神官達も、アンバーでさえもその叫びに立ち竦むしかなかった。ジェイドに抱きしめられたソラも、目を瞠《みは》ってジェイドを見上げる。

しばらくの間、誰もが無言だった。

だが、神の雷どころか、風さえ起こる様子はない。

「贄を差し出さないと皇子が宣言したのに、神の雷が降《くだ》らない……?」

成り行きを見守っていた神官達の中から、ボソッと呟く声が聞こえる。そのざわめきは、どんどん大きくなっていく。ここにいる神官達は皆、事変を恐れていたのだ。神官として長い間、ソラと同じように贄の存在を聞かされ続けていたはずだ。

その神官達が顔を見合わせて、神の鉄槌《てっつい》が振り下ろされない事実に困惑している。

「……神の厄災《やくさい》など、嘘っぱちなのか」

あちこちで訝《いぶか》しげな声がする。

「贄を捧げなければ厄災が訪れるなんて、嘘だったんだ」

やがて神官達の中から、ざわめきが起こる。その声が聞こえていないはずがないのに、アンバーは全く表情を変えなかった。

むしろ嘲るような眼差しで、神官達を見つめていた。

「数百年に渡り人々を苦しめていたのは、神ではなく人間が創り出した幻影だ! ありもしない破滅を恐れ、何人もの少女達を切り裂いた。このような忌《い》まわしき慣習は国王陛下の仰るとおり、即刻廃止とする!」

ジェイドの張りのある声に、居並ぶ神官達は皆、言葉を失っていた。

「アンバー」

その静寂を断ち切るように、涼やかな声が響いた。

聖堂の中にいる人々が一斉に振り返ると、そこには場違いなほど華やかで美しい女性が立っている。

「母上！」

ジェイドの声にアンバーが反応し、きつい眼差しでペルラを睨みつけた。

「母上……、だと……っ」

憎しみの篭もった瞳にペルラは臆さなかった。

彼女は祭壇に向かって歩き出し、周りを囲むようにして立つ神官達を押し退けアンバーに近づく。

「貴様がペルラ・アムレートゥム・イムベリウムか……っ」

「そうだ。我が子を助けることもできず、この年までのうのうと生きながらえた愚かな母親が、このわたくしだ」

ペルラはそう言うと、ほっそりとした両手をアンバーに向かって差し出した。

「アンバー。おまえがどうしても贄を神に捧げたいと言うならば、わたくしが贄となろう」

その言葉にアンバーも、そしてジェイドもソラも驚いて目を見開いた。一国の妃殿下が贄として身を投げ出すなど、前代未聞である。

「なにを言うか。今さら母親面か」

「そのとおりだ。わたくしはおまえの母親だから、これ以上、我が子が愚かな行動をしないよう、止めなくてはならない」

「なにを……っ」

「わたくしが許されるとは思わない。だが、今できることは、これしかない」

ペルラはアンバーから目を逸らさずに、はっきりと言いきった。迷いのない、美しい瞳をしていた。

「アンバー。わたくしは、おまえを愛している。ジェイドも同じように、等しく愛しい我が子だ。その我が子が人を殺すのを黙って見ている母親はいない。わたくしを斬れ。そして神に捧げろ。ソラには手を出すな」

「贄の代わりになるだと。……ふざけるな」

射抜かれたようにその瞳を見つめたアンバーは、口元に皮肉な微笑を浮かべる。

「神に捧げるのは贄の家に生まれた穢《けが》れを知らぬ者と決まっている。おまえのように穢れた女に出る幕はない。自分が聖なる贄になれると思い込んでいるらしいが、思い上がるな。厚かましい」

辛辣《しんらつ》な言葉で切って棄てると、そのまま背を向け聖堂から出て行こうとする。驚いたペルラが声を上げた。

「アンバー、どこへ行くんだ」

「なにもかも、莫迦らしくなった」

「待て、アンバー。頼むから話を聞いてくれ」

ペルラの哀願にも、アンバーの心は揺るぎないようだった。

理由がどうであれ、今まで一度も接触のなかった母親が突然現れても、心を開くことはできないのも当然だろう。それだけアンバーの傷は深く、救いようがなかった。

「私は愛を知らない。家族の温もりも、母の慈しみも知らない。だから、誰も愛さずに生きてきた。今までずっと。……そして、これからも」

アンバーはジェイドを見つめて、感情が全く見えない表情で呟いた。

「私はソラに執着しているわけではない。ジェイド、おまえが持っているものならば、どんなものでもほしい。なにもかも奪いたい。おまえが愛するものを失って、嘆き悲しむ惨《みじ》めな姿が見たい。それだけだ」

絶句するジェイドから目を逸らし、アンバーは再び背を向けて歩き出した。

「待て！　まだ話は終わっていないっ」

誰もが動けない中、怒りに打ち震えたソラが、アンバーを呼び止めた。

ソラは素早い動きで傍にあった燭台《しょくだい》を摑み上げるとアンバーに向かって走り寄り、その喉元に燭台の針を当てた。

今までの彼からは考えられないぐらい素早い動きに、ジェイドも、ペルラも、そしてアンバーさえも身動きが取れなかった。

「ソラ。なんの真似ですか」

「おまえはグルナを刺した……っ」

こんな状況だというのに、アンバーは全く表情が変わらない。どこか嘲るような微笑を口元に浮かべながらソラを見た。

「グルナを刺して命を奪い、その贖罪《しょくざい》もせずに逃げるつもりか。それに、まだジェイド様に手出ししようと企んでいるんだろう。そんなことは、絶対にさせないっ」

今まで誰にも見せたことのない、おそらくソラ自身も自覚していなかった激しく強い眼差しで、アンバーを睨みつける。

「ジェイド様に手出しをするなら、おまえを殺し、ぼくも死ぬ……っ！」

ソラは全く躊躇《ちゅうちょ》なくアンバーに燭台を更に押し当てた。だが、その力の篭もった動きにも、アンバーは動揺する素振りさえ見せない。

「私がグルナとやらの命を奪ったと言うんですか。面白い」

「しらばっくれるな！　ぼくは見たんだ。おまえがグルナを斬り棄てたところを、この目ではっきりと！」

「おまえの目は節穴だ」

アンバーは乱暴な言葉でそう言い放つと、すっとソラの後方を指差す。それにつられてソラが振り返ると、祭壇の裏に位置する内陣から人影が動いた。

「え……っ?」

「雑魚《ざこ》は殺さん。第一、私は武人ではなく聖職者だ」

壁に手をかけながらではあるが、立ち上がった人物、それは。

「グルナ!」

「……ソラ、様。ご無事で……、ご無事でいらっしゃいましたか……っ」

ソラはグルナに走り寄ると、その首にしがみついた。

「グルナ、ああ、グルナ……っ! 斬られて、もう駄目だと思って、ぼくは」

ソラの大きな瞳から大粒の涙が溢れた。

「剣で討たれましたが、身体に届く寸前に刃を返されたようです。が私の不覚で失神してしまい、お恥ずかしい限りです……っ」

「よかった、……生きててくれて、本当によかった……っ」

その時ソラの背後で突然、「アンバー!」と鋭い声がする。ソラ達が振り返ると、聖堂を出ようとしているアンバーを引きとめようとするペルラの姿が見えた。

「行かないでくれ。ようやく会えたんだ。わたくしの話を聞いてくれ!」

その痛ましい声を聞いて、ソラやグルナ、そしてなによりジェイドは悲しげに眉を顰めた。

これが生まれて初めての母子の対面なのだ。

だが、アンバーは虫を見るような目で、ペルラを眺めている。

それは赤の他人が口出しすることができない、アンバーの深い心の傷を表していた。

ペルラは、自分が拒まれていることがわかっているのだろう。それでも尚、アンバーへと声を上げ続ける。

「わたくしを憎むなら、それでいい。だが陛下に、父上殿に一目でいいから会ってくれ。もっと話をしてくれ。なんでもいい。恨みでも憎しみでも、なんでもいいんだ。おまえの話を聞きたい。アンバー、おまえの声が聞きたいんだ……っ」

悲痛なペルラの叫びにも、アンバーは心動かされてはいないようだった。醜悪《しゅうあく》なものを見るような眼差しでペルラと、そしてジェイドを一瞥しただけで聖堂を出て行く。

去り際に、呟くような声ではっきりと言った。

「私に母親などいない。父親も、そして兄もいない。家族など考えただけで虫唾《むしず》が走る」

アンバーが聖堂を出ると、天井まで届きそうな大きな扉が音を立てて閉じられた。

それはアンバーの心そのものが、閉ざされたような音だった。

12

あの時、婚姻の儀に参列していたはずの国王一家は、ソラが突然いなくなったという召使達の報告を受け、聖堂へとやってきたのだという。

国王はそのまま式に列席していたため、周囲の者達はアンバーの暴挙に気づかずに済んだ。そのことに、誰よりもペルラが安堵していた。

「こんな騒動を起こしたのだ。有無を言わさず還俗《げんぞく》させて罪を償わせたい。だが、アンバー自身が、どのような厳罰も受けるが、還俗だけはしないとの一点張りらしい」

気落ちし、目に見えて憔悴《しょうすい》しきっているペルラを、ソラはそっと抱きしめた。

「ソラ……」

「ごめんなさい。ペルラ様に触れるなんて、無礼極まりないってわかっています。でも、どうしても妃殿下をお慰めしたい。どうしても抱きしめたかったんです。他にどうしていいのかわかりません。なにもできなくて、ごめんなさい……っ」

そう囁くと、ペルラは自分を抱きしめるソラの背中を優しく叩いた。それはまるで、母親が赤ん坊を宥めている時の、柔らかい仕草だ。

「謝ることがあるか。こうやって抱きしめてもらえてるのは、とても嬉しい。ふふ。ソラは子供の匂いがするな」

苦笑交じりのペルラに、ソラは自分がいかに子供じみた真似をしているかを察した。だけど、ペルラを抱きしめる手は離さなかった。

「ありがとう、ソラ。――――おまえは、本当に優しい子だ」

国王は苦々しい面持ちで全ての話を聞いていたが、力のない声で「しばらく休む」とだけ言って、寝室に入ってしまった。人の子の親としては、無理のないことかもしれない。

ペルラも今夜はもう休むと言って、部屋を出ようとした。だが、向き直ってジェイドへと歩み寄ると、突然我が息子を抱きしめる。

「……母上。如何《いかが》なされましたか」

さすがにジェイドも戸惑ったが、ペルラは尚も口を開こうとしない。しばらくの間、我が子を強く抱きしめた後、ぷいっと部屋を出て行ってしまった。

去っていくペルラをソラは黙って見送り、悲しみに満ちた溜息をついた。困ったような吐息だった。

「どうしたの？　そんな悲しい瞳をして」

ジェイドにそう声をかけられてソラは顔を上げ、困ったように俯く。

「いいえ。……あの、お母様がお優しくて、いいなと思ったんです。ぼくはあまり、母の記憶がないから」

「ソラの母上は、ご存命ではなかったか」

「変な言い方をして、すみません。ぼくの母は……、子供と距離を取る人でした。贄となることが決まっていた妹はもちろん、ぼくとも一線を引いていました。妹になにかあれば、すぐさま代理でぼくが差し出されるとわかっていたから、怖かったのかもしれません」

贄を産み育てる特別な家に嫁いだ母は、いつも疲れた顔をしていた。顔色も悪く、ひとつに纏めた髪は、いつもバラバラとほどけていたのを覚えている。母はペルラより年下のはずだが、比べ物にならないぐらい老けて見える女性だった。

自分の子供を贄として差し出さなくてはいけない母は、きっと心も身体も安らぐことなんかなかったのだろう。我が子がいる幸せを思うより、ちゃんと育てて献上しなくてはならないと、いつも気を張っていたに違いない。

我が子を聖殿に取られてしまったペルラと、我が子を聖殿に差し出すために神経をすり減らしていたソラの母。一体、どちらのほうがより不幸なのか。

人は幸福になるために生まれてきたはずなのに、どうしてこんな、つらいことを課せられてしまうのだろう。

黙り込んでしまったソラを慮って、ジェイドが顔を覗いてくる。

「ソラ。眉間に皺が寄っているよ」

人差し指でソラの眉間をなぞるジェイドに、思わず笑ってしまった。ソラは自分の眉間を指で触れながら溜息をつく。

「聖殿って、……なんなんでしょうね」

そうソラが呟くと、今度はジェイドが眉間に皺を寄せる。

「本来、信仰とは愛だと思うよ。どんなに迷っても苦しんでも、愛の力を持ってすれば人は救われるし、光明を見出せる」

「愛の……、力」

「そう。迷った時に救いを見出してくれる道標となるのが信仰であり、愛の力であると思う。……アンバーは苦しい思いを強《し》いられたために、間違った方向に進んでしまった。本当の信仰は人を傷つけるものではない」

愛の力。その力が届かなかったためにアンバーは絶望し、他人を犠牲にしてまでも自分の力を誇示しようとしていたのだ。でも、それは間違っている。

本当の愛の力とは、そんなものじゃない。もっと優しくて、穏やかで、温かくて、幸せな気持ちになれて、それでいて敬虔《けいけん》で美しいものだ。

「ソラ。部屋へ行こう」

俯いたまま自分の考えに浸り込んでいたソラは、声をかけられてハッと顔を上げた。

「あ、……ええと、部屋に行かれるんですか？」

どうして？　といったように小首を傾げるソラを見て、ジェイドは再び眉間に皺を寄せる。

なにかを耐えているような、ちょっと苦しそうな表情だ。

「きみを抱きたい。今すぐにだ」

ジェイドはソラから目を逸らすことなく、はっきりとした声で言いきった。その率直さに、ソラのほうが慌ててしまう。

「え？　あ、あの……っ」

幸い、部屋に召使は控えていなかったが、それでも堂々と口に出されると顔が強張ってしまう。ソラが戸惑い、動けないでいると、ジェイドは座っていた椅子から立ち上がる。

「さぁ、おいで。きみを抱きしめさせてくれ」

ジェイドはそう囁くとソラの手を引っ張り、その胸に抱きしめてしまった。

「ジェイド、様……っ」

「ソラはアンバーに向かって、『ジェイド様に手出しをするなら、おまえを殺し、ぼくも死ぬ』と言っただろう。あの言葉を聞いた時、私がどれほど歓喜に震えたかわかるかい？」

そう指摘されて、すっかり忘れていた自分の言葉を思い出した。あの時は興奮していて、周囲に人がいることなど気にかけられなかったのだ。

「そ、それは……っ、あの時は夢中だったから……」

真っ赤になってしまったソラを、ジェイドは嬉しくてたまらないといったように、目を細めて見つめている。

「あれほどの激しい愛情を示しながら、こうやって抱きしめると頬を赤らめ、乙女のように身をよじる。そんなきみを見て、ほしがらない男などいないよ」

ジェイドはそう囁き、ソラの唇にくちづけた。

「さぁ。部屋に行こう。私にきみを深く抱きしめさせてくれ……」

□□□

ジェイドの部屋に入ると、再び強い腕に引き寄せられ、強く抱きしめられた。くちづけは熱く蕩けるようで、ソラは息が止まりそうになる。

ジェイドは何度もくちづけをすると、ソラの身体を抱きかかえるように寝室に誘った。部屋の中に入り扉を閉めると、突然ジェイドは床に跪《ひざまず》く。

「ジェイド様、どうしたんですか?」

ソラの戸惑った声など聞こえぬかのように、ジェイドはそのまま床に擦りつけるようにして、額を下げる。そしてソラの足に恭《うやうや》しくくちづけた。

「ジェイド様……っ」

考えられない事態に、ソラの声が大きくなる。皇子たるものが、ソラのような身分の低い者の足下《そっか》にくちづけるなど、あってはならないことだ。

「ジェイド様、やめてください。お願いです、顔を上げてください」

悲痛な声でそう叫ぶソラに、ジェイドは全く動じなかった。恍惚と言っていい眼差しで見上げて、うっとりと囁く。

「ソラ。今だけは、その美しい足を私に愛でさせてくれ。美しく清らかなおまえの全てを、愛したいんだ」

ジェイドはそう言うと、ソラを寝台ではなく床へと座らせる。そして引き寄せると、何度も唇を合わせ、くちづけた。

「ん、んん……っ」

熱い舌先に唇を舐められて、知らずに甘ったるい声が出る。その甘い声はジェイドを喜ばせ、彼の身体を熱くさせるばかりだった。

ジェイドの掌はソラの首筋に触れ髪を撫でる。そして乳首を弄り、吐息を乱れさせた。

「あ、ぁ、ん……っ、……くぅん……」

仔犬のような声で泣くソラを、ジェイドは愛おしくて堪らないといった瞳で見つめる。そして、びくびくと震える下肢へと手を伸ばし、硬く張りつめる性器を揉みほぐした。

「やぁ、あ、ああ……っ」

すぐに衣服を潜り抜けて侵入したジェイドの指は、ソラの性器を探り当てる。そして、既に濡れている果実を摑んだ。

「や、ぁあ……」

「なにが嫌なんだ。きみのここは、ものすごく熱くなっている」

ジェイドは笑いを含んだ声で言うと、性器の先端を指の腹で抉るように擦る。その途端、引き攣《つ》れるような声でソラが声を上げた。

「やぁ、あああ、あ、ん、んん……っ」

「すごいな。ちょっと触れただけで、こんなに蜜が溢れてきた」

恥ずかしいことを囁かれて、またしてもソラの性器から甘い蜜が零れる。声を上げて身をよじっても、けして離してはもらえなかった。

「ああ、ん……っ、やぁあ、あああ……っ」

蕩けた熱い声に、ジェイドはまるで子供をあやすように、優しく微笑んだ。

「ソラ。いい子だ。このまま四つん這いになってごらん」

卑猥《ひわい》なことを囁かれて、ようやく目を開く。ソラは、いつの間にか衣服を剝ぎ取られ、なにも身につけてはいなかった。ただ、ジェイドから預かっていた翡翠の首飾りだけは、大事に首元を飾っている。

その首飾りを見て、ジェイドは満足そうに微笑み、ソラの身体を四つん這いの格好にさせた。

この姿勢だと、濡れた性器も美しい首飾りも、同じように床に向かってぶら下がる格好だ。

「どうしたの。耳まで真っ赤だよ」

背後から覆いかぶさるようにして抱きしめてくるジェイドは、ソラの耳殻《じかく》を噛みながら、くすくす笑った。その笑いにソラの恥辱が煽《あお》られる。

「あ、あの……。この格好、い、いやです。もっと普通の格好に……」

「普通の格好？　愛し合うのに、普通なんてないよ」

ジェイドはあっさり言い放つと、ソラの双臀《そうでん》に手をかけて、ゆっくりと左右に開いた。そのあまりの卑猥さに、ソラは思わず床に額を擦りつけてしまう。

「ああ、ソラ。そんなにお尻を上げて、いやらしい子だね。まるで動物の交尾と一緒だ」

「あ、あ、あ……」

「いいよ。……すごくいい。きみは男の劣情を煽るな」

笑われる気配にソラが顔を上げようとすると、ジェイドは前を寛《くつろ》げ、ゆっくりと性器を挿入してくる。性器には触れられていないのに、体内にジェイドのものが挿入されると、それだけでソラの先端は透明な蜜を滲ませていく。

「あぁぁ……、あ――――……っ」

高い声を上げて四つん這いになったソラの腰を摑み、ジェイドは一気に奥まで突き上げてしまった。

「ああ、ああ、ああ、ああ……っ」

自分がどんなに淫らな姿勢をとらされているか、ソラはわかっていない。わかっていないのに、腰を蠢かし身体を震わせた。それがどんなに男の劣情を刺激するか、意識もないまま。

ジェイドはその淫蕩《いんとう》なソラの姿を見て、満足そうな溜息をつく。

「いやらしい格好だ。ほら、見てごらん。私が動くと、きみのものが同じように動くよ」

なにを言われているかわからず、ぎゅっと閉じていた瞼を開く。硝子窓に映っていたのは、動物の交尾のような格好で繋がっている二人の姿だ。

ジェイドが動くと、ソラの性器がぶらぶらと揺れる。その淫らで滑稽な姿を笑われたのだと、ようやく気がついた。

「あ、やぁ、ああ、やだ……っ」

せめて性器を隠そうと腰を丸めようとした。だが、ジェイドはそれを許さないというように腰を摑み、もっと深く捻じ込んでしまった。

その衝撃にソラは声も出なくなり、その代わりに甘い蜜を垂らす性器は、ふらふらと頼りなく動いていた。

「やぁ、ああ、ああ、あああ、ぁん……っ」

性器が動くたびに、床に触れる。敏感になっている局部には、堪らない刺激だ。

「ひゃ、あ、あ、やだぁ、やだぁ、あああ、お、おしり、おしり……っ」

腰を強く動かしながら、ジェイドはソラの髪にくちづけ甘い声で囁いてくる。

「おしり？　お尻が気持ちいいんだね」

人を駄目にしてしまう甘い声に抗えず、ソラは何度も頷いた。

「じゃあ、もっと気持ちよくなろう。きっとソラはこれが好きになる」

その囁きに答えることもできずにいると、「動きなさい」と言われた。

「円を描くようにして、お尻を動かしてごらん」

そう言われて意味もわからずに頷いた。体温が上がって、顔が火照《ほて》ってくる。

「やぁあ、あ、ぁぁんん……っ」

ジェイドに言われたとおり円を描くように回すと、途端に敏感な箇所が擦り上げられた。その刺激は、今まで体験したことのないものだった。

「ひゃ、あ、ああ、ぁん……。いい、これ、すごくいい……っ」

普段のソラからは想像もつかないほど妖艶《ようえん》な喘ぎ声が零れる。ジェイドはその声を聞くと目を細め、更に腰を突き上げた。

「あああああんっ、やぁああ、こすれ……、こすれちゃう……っ」

はしたない声を上げながら、ソラは夢中になって腰を回し続ける。そうやって動くと、ぶら下がった性器の先端から淫らな蜜が溢れ出し、床に擦りつけられてしまう。

頭の芯が抜け落ちてしまいそうな、そんな強烈な快感が襲ってくる。ソラは無意識のまま、淫らな言葉を口走った。

「お、おしり、おしり、すごい、すごい……っ、とける」

「お尻が溶けちゃう？　ふふ……っ、すごいな。どんどん私のものを締めつけているよ。たまらなくいい」

気持ちよくてなにも考えられず、言われるまま腰を回す。そのうち、身体中が蕩け出して、頭の中が真っ白になった。

「あああああっ、いい、いい、く、いく、いい……っ！」

大波に呑み込まれ、征服されるみたいだ。その初めての感覚に、ソラは甘ったるい声を上げながら達してしまった。

まだジェイドは達していない。それなのにひとり墜情《ついじょう》してしまったソラは、体内に挿入されたままの性器を締めつけながら、びくびく震える。

ジェイドは、ひとりで極めてしまった身勝手な恋人の髪を、何度も撫でてやった。

「ああ。そうだ、もっと蠢かしてごらん」

熱い吐息と共に、いやらしく腰を突き上げられる。そうされると、ソラの性器から透明な体液が飛び出して、ぴちゃぴちゃと床を濡らした。

「ああ。ソラは淫らな子だね。私のものを受け入れるたびに零しているなんて」

予想もつかないことを言われて、頬が真っ赤になる。そしてジェイドはその表情の変化さえもおかしいのか、目元を細めて微笑んだ。

快感に酔いしれたソラの身体をジェイドは抱え直し、更に腰を進めた。その途端、果実を潰

すような音が部屋の中に響く。仰《の》け反って喘ぐと、更に性器を出し入れされた。

「ああっ、ああっ、ああっ、あぁぁ――……っ」

ぐじゅぐじゅと淫らな音が響く。その音と、ジェイドの囁きが一緒になって、ソラの頭はぼぅっとしてきた。

「気持ちよさそうな声を出して。こうやって小刻みに突かれるのが、気持ちいいの？　気持ちがいいなら、ちゃんと言いなさい」

ジェイドはそう囁きながら、腰を送り込んでくる。ソラは床に縋りつき、必死で大きな性器を受け止めていた。突かれるたびに大きな翡翠と、濡れた性器が揺らされる。淫らで、淫靡《いんび》な光景だった。ジェイドはその様を見て、満足そうに口の端で笑う。

「上手だよ、ソラ。さぁ、気持ちいいと言いなさい。ほら。ちゃんと言えないなら、もうお終いにしてしまうよ」

「あ、あああ、やだ、もっと、……もっとぉお……っ」

とうとうソラの唇から、淫らな哀願が零れた。その声は部屋の中に響き、ジェイドは満足そうに溜息をつく。

「やめてほしくないなら、言いなさい。気持ちよくて堪らないよ。きみも、もっと擦ってくださいって言ってごらん」

いつも優しいジェイドは臥榻《がとう》の中では、厳しかった。恥ずかしがって身をよじるソラに対して、けして容赦することがない。

「あ、あ、あ、きもち、いい、いい、いいです、もっと、もっとして、擦ってぇ……っ」

ジェイドはその声に応えるように、何度も抽挿をくり返す。濡れた壁を硬いもので擦られると、頭の中が蕩けそうになった。

（きもちいい、きもちいい、いい、きもちいい……っ）

ソラはもう、声を出すこともできず、ただ床に爪を立てて、淫らに腰を揺するばかりだ。

「ソラ、一度抜くよ」

突然の言葉に、朦朧としていた意識が戻る。ソラが顔を上げるのと、体内から性器が引き抜かれるのは同時だった。

「あああぁあんん……っ」

体内が空っぽにされた瞬間、ソラの唇から艶《なま》めかしい声が零れた。ジェイドは苦笑しながら膝立ちになると、引き抜いた性器を自らの手で擦り上げる。

「う……っ、ソラ、一度出させてくれ」

そう熱く囁くと、何度もソラの背中に性器を擦りつけた。なにをされているのかと、ソラが目を見開くと、その頬にジェイドの唇が触れる。

「きみを寝台で抱きしめたい。そのために、一度出したいんだよ」

とてつもなく淫らな睦言を囁きながら、ジェイドはとうとう息をつめ、張りつめた性器から熱い白濁を飛ばした。

「あ……っ」

ソラの白い背中に、熱い精液が撒《ま》き散らかされる。その熱い感触に身体を竦めると、耳元で乱れた吐息がした。

「すまない。ソラ、さぁ、寝台に行こう」

ジェイドは額の汗を手の甲で拭い、床に這い蹲《つくば》るソラを抱き上げ寝台まで運ぶと、優しく仰向けに寝かせた。

「ジェイド様、……さっきの、すごく熱かったです……」

「そう。きみの背中はすべすべで、すごく気持ちがよかった。だから、身体中が熱くなった」

ジェイドは少年のように微笑むと、唇にくちづける。そして、大きく膝を割ると身体をすべり込ませて、再び性器を挿入した。

「あああ……っ」

ずるずると入り込んでくるものは、やはり熱い。それでも、もの凄く気持ちがよくて、意識が飛びそうになる。

「ああ、ああ、ああ……っ」

さっき四つん這いで受け入れた時よりも、ねっとりとした快感がソラの身体を包んでくる。

その気持ちよさに、知らずに涙が溢れてきた。

（きもちいい、ああ、すごく、すごくきもちい、い……っ）

ジェイドは涙を流しながら喘いでいるソラになにも言わず、性器を何度も捻じ込んでくる。くり返し挿入をされると、淫らな声が止まらなかった。

「ああ、ああ、ああ、いい、ジェイド、さま、すごい、すごい……っ」

「私も、すごくいい。ソラ。きみの胸を飾る首飾りが、とても美しく光っている。こんな光を放つのは初めて見た。もっと輝くといい。私の翡翠。私だけの美しい翡翠め」

熱い声と共に送り込まれる性器は、ソラの頭から理性を奪っていく。いつの間にか普段の慎《つつし》み深さも忘れて、ジェイドの逞しい腰に脚を絡みつけ、淫らに腰を動かした。

首を飾る宝石が、首筋をすべる。その感触にソラが気をとられた瞬間、急激に絶頂が身体を包んだ。

「あ、ああああ、やぁ、ぁあ、ああああ……」

急激に身体が落下するような快感に身体が囚われる。必死でジェイドの肩に縋り、甘い悲鳴を上げ続けた。

「ソラ。もういくのか。……いいぞ。もっと極めろ。もっと淫らに泣くんだ。きみは贄なんかじゃない。きみは人間だ。唯一無二の、私の花嫁だ……っ」

その時、ジェイドの唇に勝ち誇ったような微笑が浮かんだのを、ソラは知らないままだった。知らないまま、逞しい腕に抱かれて、幸福に酔った。

幸せすぎて、怖い。

夢見がちな少女の、子供のような戯言《たわごと》。そんなことをソラは思い、その幸福に震えて眠りに堕ちた。


『私の名はジェイド。きみは？　名前を教えてくれないかな』

抱きしめられたまま、ソラは夢を見ていた。美しい髪の皇子様が自分を見つめて、微笑んでくれる夢だった。

『……ソラ』

そう答えると、皇子様は優しく微笑み、大きな翡翠の首飾りをソラへと差し出した。

『ソラ。美しい名前だね。きみにぴったりだ。私の花嫁となるのに、相応しい名前だね』

なにを言われているかわからないソラの首に、皇子様は首飾りをかけた。大きな宝石がついた首飾りは光を受けて、きらきらと輝いている。

『幸せになろう。きみはそのために生まれてきたんだ。この世で誰よりも幸せな、翡翠の花嫁となるために』

言われたことの意味はわからなかったが、首を飾る宝石は美しくて、ソラを幸福な気持ちにさせる。微笑むと、皇子様も微笑み返した。

『幸せになろう。私と一緒に、この世界で一番に』

その言葉を聞いて、ソラは蕩けるような気持ちで一生懸命頷いた。

『はい。……はい、ぼくの皇子様……』

□□□

「ソラは一体、どんな夢を見ているのかな」

抱き合いながら眠った寝台の中で、ジェイドは呟いた。

腕の中で小さく丸くなり、くうくう眠っている愛しい恋人は、幸せそうに微笑み、涙まで浮かべているのだ。

まだいい。あとで起きたら夢の内容を聞いてみよう。

ジェイドは微笑み、愛しい恋人を抱きかかえると、その髪に顔を埋める。

今まで、なにひとつ不自由のない生活を送ってきた自覚はある。だけど、こんなにも満ち足りた気持ちになるのは初めてだ。

「おやすみ。私の大事な花嫁さん」

夢見るように囁くと眠るソラの額にくちづけし、自分もゆっくり瞼を閉じた。

End

ぼくのうさぎ

「わぁ、うさぎ……っ」

愛しい恋人ソラの華やいだ声を聞いて、ジェイドは口元に笑みを浮かべた。

「可愛いだろう。狩の獲物だったがソラが気に入ると思って、生け捕りにして連れて帰ってきたんだ。以前、兎の話をしていただろう」

その言葉にソラは大きく頷《うなず》く。

「はい。ぼくは以前、うさぎを飼っていたことがあります。すっごく可愛いんですよ」

イムベリウム国は肥沃《ひよく》な領地を保有する国で、国民は食用の家畜も飼育している。そのため野兎を食用にすることが、最近ではあまりない。

だが、ソラが育った地域は国境《くにざかい》近くにあり、国内でも極めて貧しい人々が住む地区だった。そのため、兎などの小動物でも捕獲して、食す習慣が根強くある。

「兎を飼えていたのか。よく食べられなかったね」

このもっともな問いに、ソラは「いいえ」と顔を横に振った。

「草原で怪我をしていた子を見つけて、家に連れて帰ったんです。それで家の裏に小さな箱を隠して、誰にも見つからないように飼っていました。ロゼって名前もつけていたんです。この子は怪我ひとつないけど、耳の先が切れちゃう怪我をしていました。だから、その怪我が治るまで、面倒を看ようと思って……」

「へぇ。可愛がっていたんだね」

ジェイドの言葉にソラは表情を強張《こわば》らせ、ぽつりと呟く。

「……でも、ぼくが贄《にえ》になると決まったので、聖殿に行く前夜に、ロゼを元いた草原に逃がしました。今はどこにいるのか、もう、わかりません」

ソラは、そこでピタリと口を閉ざした。ジェイドはその表情の変化に目を留める。

「もしかして、つらいことを思い出させてしまったのかな」

「いいえ。……あの子が平原で生きられるかどうか、わかりませんでした。でも村の人に見つかったら、間違いなく食べられてしまいます。だから逃がしました。少しでも生きられる可能性があるなら、そのほうが、ずっといいと思って」

イムベリウムでは、愛玩動物という概念が基本的にはない。だが、このところ貴族の間では兎を飼うことが流行《はや》っている。大きな宝石のついた首輪や耳飾りをつけて、侍《はべ》らすのだ。食用にもなる動物を高価な宝石で飾りたてることが、羽振りのよささを示すということらしい。ジェイドから見ると、理解に苦しむ風潮だ。

ソラは籠《かご》に手を差し入れ、おみやげの兎を抱き上げた。

ふわふわした手触りが気持ちよく、ぴすぴす鼻を動かす仕草が可愛らしい。ソラはうっとりと微笑を浮かべた。

「ロゼを逃がした時、ぼくはもう二度と、うさぎを触ることができないって思いました。ロゼを箱に閉じ込めていたけど、今度、閉じ込められるのはぼくだったし、そのまま二度と家に帰ることはできないんだって思っていたから……」

ソラはそう言うと、ジェイドを見上げた。その瞳は少し、涙で滲《にじ》んでいる。

「ロゼだけじゃない。空も大地も湖も木々も草花も、なにもかも、もう見ることも、触れることも叶わないって諦めていました。だって、……贄になって死ぬことが決まっていたから」

「ソラ……」

「ずっと気になっていたんです。ぼくが野に放したあの子は、ちゃんと生きているだろうかって。人間に捕まったり、獣に食べられたりしていないだろうかって。ぼくは聖殿の奥深くで、首を刎《は》ねられるはずだった。でも、ジェイド様がぼくを助けてくれました。だからロゼにも無事でいてほしいと、心の奥底で願っているんです」

ソラは少し苦しそうな声でそう言うと、再び兎のふわふわに顎を埋《うず》めた。

今、抱きかかえているのは自ら逃がしてやった、ロゼという名の兎でないことは、ソラが一番よく知っている。そんな奇跡は有り得ない。

それでも柔らかい毛に顔を埋めていると、ロゼもどこかで元気に生きているのではないか。そんな希望に似た気持ちがソラに湧いてくるのだろうか。

ふかふか兎の毛皮に触れながら、ソラはなにも話さなくなり目を閉じた。

生き物を中途半端に救い、その上、事情があったとはいえ放り出してしまったのだ。そのことがソラの心を寂寥《せきりょう》感で満たし、締めつけているのだと、ジェイドには手に取るようにわかった。

ジェイドは両手を差し出すと、きゅっとソラを抱きしめた。もちろん、ソラが抱っこしている兎も一緒に。ソラは突然の抱擁《ほうよう》に驚いてジェイドを見上げた。

「ジェイド様？」

「きみを抱きたいんだ」

「え？　あ、あの」

いきなりの抱擁と要求に、ソラが真っ赤になっている。ジェイドはその艶《あで》やかな表情に満足げに頷くと、再び抱きしめる。そして、その果実のような唇を接吻で塞《ふさ》いだ。

「ん、んん……っ」

二人は立ったまま唇を交わし、きつく抱き合った。そうしているうちに、ソラの手から兎が離れてしまう。兎は、とことこ部屋の隅っこに逃げ込んでしまった。

「あ……、うさぎ、が」

唇を貪《むさぼ》られたソラが縺《もつ》れる舌で喋ると、ジェイドはまたしても唇を塞ぐ。

そのきつい抱擁が苦しいのか、ソラは何度もジェイドの胸に手を当てて突っ張ねる。だがジェイドは、その微かな抵抗さえ許さなかった。

「ジェイド、様。くるしい……」

「兎は、あとで捕まえてあげるよ。……それより私はきみに、くちづけたいんだ」

ジェイドはソラが苦しがっているのをわかっていたが、その手を緩めようとはしなかった。兎の話をしていた時の、ソラの哀しそうな瞳。それを思い返すだけで、ジェイドも同じように、いや、もしかしたらソラ以上に切なくなってしまった。

元はといえば自分が兎など捕まえたから、ソラは切ない過去を思い出したのだ。愛しい子に哀しい瞳をさせてしまったのは、自分のせいだ。

兎との思い出話など、ジェイドにとっては与《あずか》り知らぬものだ。だが自分がソラを悲しませてしまったことに、言いようのない後悔の念が胸に押し寄せる。

ジェイドは哀しげに眉を寄せ、ソラを見つめた。

「ソラ。私は、きみに幸せになってもらいたい」

「ジェイド様……？」

「頭がおかしくなるぐらいの幸福に酔いしれてほしい。いいや、私がこの手で、きみを幸せにしてみせる。ずっとずっと、そう思っていた。それなのに私は……」

そうジェイドが目を伏せた瞬間。そっとソラの手が伸びて髪に触れてくる。そして、まるで母親のように撫《な》でた。

「ソラ……」

「ぼく、すごく幸せです」

大きな瞳をきらきらと輝かせたソラは、にこっと微笑《ほほえ》んだ。

「ジェイド様と一緒にいられて、これ以上の幸せはないです」

「だが、私は兎を拾うなんて真似をして、きみを悲しませたよ」

低い声でそう言うジェイドの髪を、ソラは再び撫でる。そしてジェイドを抱き寄せた。

「悲しんでなんかいません。ロゼのことは、もう、諦めなくちゃいけないことだと思っています。贄になることには逆らえなかったし、ロゼを飼うことは絶対に無理だった。……今のぼくにとっての悲しみは、ジェイド様を失うことだけです」

「ソラ……」

「あ、ペルラ様も国王様も同じです。お二人ともいなくなったら、すごく哀しい。絶対に嫌です。グルナもそうだし、召使さん達だって同じによう悲しい」

ソラの言っていることを他人が聞いたら、幼稚で愚にもつかないと鼻で笑うだろう。だが、本人にとっては本気だ。周囲の人間を大真面目に愛している。そのことをジェイドはちゃんと理解している。

「でも、ジェイド様は他の人たちとは、比べ物になりません」

そう甘い声で囁くと、ジェイドの銀髪に唇を埋めた。

「ジェイド様。ジェイド様、大好き。……だいすきです。誰よりもお綺麗で、お優しくて気品があって、とても気高い唯一無二の、ぼくの皇子様……っ」

「ソラ……っ」

そこまで聞いたジェイドはソラを抱きしめ、再び深いくちづけを与えた。ソラを食い尽くしてしまうような、そんな深いくちづけ。本当に愛している者への接吻。

「覚悟するがいい。きみは私だけの、可愛い花嫁だ……っ」

そう熱く囁く声が、我ながら自分のものとは思えないとジェイドは感じた。

普段から常に冷静であれと自分を律してきた。それなのに、なぜこんな熱い声を出すのか。

ジェイドは、もう考えることを止めた。ソラの身体を抱きしめているだけで、なにもかもが蕩《とろ》けそうだったからだ。

このまま、自分が泡沫《うたかた》のように消えてなくなってもいい。そんな愚かしい考えが、頭の中で浮かんでは消える。

愚かでいい。今、自分は言いようもなく幸せだから。

□□□

ソラは遠くから聞こえる、誰かの声が気になっていた。哀しいような、反対に、どこか悦びが入り交じっているような、そんな声だからだ。

「ゃあ、あ、あ、あぁあ……っ」

ふと気づくと、ジェイドが目を細めて自分を見つめている。ソラは何度も瞬《まばた》きをくり返し、涙の浮かんだ眼差しで愛しい人を見つめ返した。

「だれか、……だれか、泣いていま、す……っ」

ソラが息を乱しながらそう言うと、ジェイドは目元の笑みを深める。

「誰が泣いているって？　この部屋には私ときみだけだ。泣き声はソラ、きみの声に決まっているだろう」

自分の？　そう問いかけようとしたが、ソラはなにも言えなくなった。体内に深々と侵入しているジェイドの性器が、強く身体を突き上げてくるからだ。硬くて太いものに内部を擦られると、抑えようもない悲鳴が零《こぼ》れる。

「ゃあああああんん……っ」

「ほら。また泣いた。いやらしい声だ」

淫らな音と、甘ったるい声。聞いているだけで、どうにかなりそうだった。

（ほんとうだ。これ、ぼくのこえ、だ。ぼくの。なんて、いやらしい……）

聞こえる声が、ようやく自分の喘《あえ》ぎだと自覚できた。こんな声で今まで泣いていたのかと、真っ赤になった。

頬を赤らめるソラをジェイドはどう思ったのだろう。うるさいと思われただろうか。それとも、なんてはしたない子だと思われただろうか。

ソラの懸念は、全くの杞憂《きゆう》で終わった。ジェイドは蕩けそうな眼差しを向けながらソラの手を取り、その指先に何度もくちづけてくるからだ。

「きみは先ほどから、私を淫らに締めつけて、とても可愛い声で泣いていたよ。ほら、また締めつけてきた。ああ、ほら、まただ」

卑猥《ひわい》なことを囁きながら、ジェイドは身体を押し進め、小刻みにソラの内部を擦り上げる。

「あ――……っ、やぁ、あ、だめぇ……っ」

悲鳴のような声が零れたが、ジェイドは腰をうねらせて何度も抉《えぐ》るように動いた。

「なにが駄目だ。きみの内部は、どろどろに熱く私を誘っている。淫らな花嫁だ」

意地の悪い囁き声と共に、ゆっくり焦らすように掻《か》き回され、ソラの唇から子供のような、だけど子供では絶対にあり得ない淫靡《いんび》な声が出る。

「やぁ、あ、ぅ、あん、あん……っ」

その声を聞いて、ジェイドは微笑を浮かべた。どうしようもなく淫蕩《いんとう》な笑みだ。

何度も何度も打ちつけられて、とうとう声さえ出なくなる。しゃくり上げるような息遣いをジェイドはどう思ったのか、ソラの顎を持ち上げた。

「このまま抜かないで、お尻だけでしてみようか。きみはお尻でいくのが大好きだろう。以前もやったよね。きみはあの時、何回も達した」

微かに聞こえるのは、とてつもなく淫らで意地の悪い誘いだ。だけど頭が蕩けてきたソラには、よく意味が摑《つか》めない。わからないまま何度も頷く。

「して、……してください」

「本当にいいんだね。抜かないまま、お尻でいくんだよ。きみはこの間、気持ちよすぎて失神したけど、また同じ目に遭ってもいいんだね」

「は、はい、……いきま、す……っ。おしり、お尻で、いきた、い」

ソラの返事を聞いて、ジェイドが口元だけで笑った。

「そう。じゃあ、ソラの望みどおり、お尻だけでいかせてあげよう」

ジェイドはそう言うと、ソラの身体に挿入した性器を大きく回す。途端にソラの唇から、とてつもなく卑猥な声が零れた。その嬌声《きょうせい》にジェイドは瞳を眇《すが》めた。

「もっと深く呑み込みなさい」

冷静な命令を聞いただけで、ソラの身体はぞくぞく震えた。いつもは優しくて紳士的なジェイドが、閨《ねや》の中では淫らな言葉を口にする。それはもちろん、ソラのためだけに。

現実と閨房《けいぼう》との差は、ソラの官能を刺激する。そして、更にいやらしく乱れるのだ。

「やぁ、あああ、ん……っ。いい、いい、いい、気持ち、いい……っ」

「さぁ、ソラ。いく時はなんて言うんだ」

乱れきった状況で、ジェイドの冷静な声が響いた。ソラははっとして目を瞠《みは》る。

「だ、だめ、だめぇ……っ、いく、いく、よぉ」

「そうじゃないだろう。ちゃんと言いなさい。ソラはいやらしいから、お尻でいっちゃうって」

蕩けた脳髄に直接、叩き込まれ囁かれる甘ったるい声。ソラはもう恥辱を感じることもできず、ただ呆《ほう》けたように言われたことをくり返す。

「あ、あ、お、おしり、でいっちゃ、う……っ」

必死に言われたことをくり返したが、ジェイドは全く表情を変えないまま首を横に振った。

「違うよ。ソラはいやらしいから、お尻でいっちゃう、だ」

辛抱強く言われて、朦朧《もうろう》としながら言われたことをくり返す。

「ご、ごめんなさ、ああ、あ、あああ、ソラはやらしい、から、ああ……っ。いっちゃ、う、いく、いく、おしり、おしりでいっちゃうぅう……っ」

自ら発した言葉の淫らさも理解できないまま、ソラは体内に挿入された性器をきつく締めつけた。その途端、ジェイドの唇から呻《うめ》きが洩《も》れる。

「くそ、……なんて締まりだ……っ」

苛立ったような囁きと共に、ジェイドはソラの太腿を摑み、更に大きく脚を開かせると、屹《きつ》立《りつ》したものを深々と打ちつけた。

「あ、あ、や、ぁっ。ふか、い……っ、いく、だめぇ、いくぅうっ」

身体がふわぁっと持ち上げられるような錯覚に囚われて、唇から嬌声が溢れ出る。次の瞬間、痙攣《けいれん》のように身体が震えた。そして、そのままソラは吐精する。

「あ、は、ぁあ……っ」

細く長い声を上げて、ソラは墜情《ついじょう》した。ジェイドは目元を細めながら、甘い吐息を洩らす。

「ソラ、ああ、いいよ。私も一度いかせてくれ……っ」

ぐっと抱きしめられた瞬間、体内がいきなり熱くなる。自分の中に射精されたのだとわかって、嬉しかった。

(ジェイド様の、あっつい……っ、すごい……)

射精の時に引き抜かれて、肌の上に撒き散らかされるより、こうやって体内で受け止めるのがソラは好きだった。そのほうが感じるからだ。

「ああ、こら……。そんなに締められると、絞られているみたいだ」

苦笑交じりに卑猥なことを言われて、自分が淫らにジェイドを追いつめていたのだと知らされる。すぐに力を抜こうとしたが、うまくいかない。

「ご、ごめんなさ、……力が、抜けなくて」

ソラのうろたえた声に、ジェイドは片方の眉を上げると、困ったように笑った。

「いいよ。もの凄く気持ちがいいから」

ジェイドはそう囁きながら、ぐっと身体を起こした。

「え……？　あ、あの」

ソラの体内に性器を埋め込んだまま、ジェイドは寝台の上に胡坐《あぐら》をかいた格好で座り込み、ソラを脚の間に据えてしまった。

「やぁぁああん……っ」

激しい動きではなかったが、体内の奥深くに性器が埋め込まれるのだ。その衝撃に、唇から妖しい声が零れる。ジェイドは淫らと言っていい微笑を浮かべた。

「なんて声を出すんだ。ソラ、はしたない」

そう諭《さと》されて、途切れそうになっていた意識がハッと戻る。

(乱れちゃいけない。ジェイド様より先に達するのは、はしたないこと。もっと、しっかりして、毅然《きぜん》としなくちゃ。しっかり……っ)

そう自分を戒《いまし》めようとしながら、ソラが何回も瞬きをくり返した。大きな瞳で瞼《まぶた》を瞬《また》かせると子供のようにあどけなくなる。その頑是《がんぜ》ない仕草に、ジェイドがまた笑った。

「可愛いね。そんなに可愛い顔をされると、また、きみの中に打ちつけたくなる。……何度でも泣かせたくなるよ」

逞《たくま》しい腰に跨るような格好で脚を絡ませているソラにそう言うと、ジェイドは両脇に手を差し込んでくる。

「あ、や、ぁ。やだ……っ」

なにをされるか察したソラが身じろぐと、逃さないとばかりに身体を掴まれた。

「ソラ。逃げないで。私をもう一度受け入れておくれ。もっと深くまで」

「ジェイドさ、ま……」

「きみに呑み込まれたい。身体の奥の奥まで。……私の全てを」

こんな艶《つや》っぽい状態なのに、ジェイドは真摯《しんし》な眼差しでソラを見つめてくる。その瞳に逆らえるはずもなく、ソラは諾々《だくだく》と従った。

「はい、……はい、逃げません、……にげない……、して……」

その言葉を聞いたジェイドはうっとりと微笑み、ソラの両脇に差し込んだ手に力を込める。

「あああああんんん……っ」

とたんに妖艶《ようえん》な嬌声が零れた。ソラは身体を引き上げられると、体内に収まっていた性器が引きずり出された。思わず淫らな声が上がる。内壁を淫らに擦り上げたからだ。

「なんて淫靡な声だ。もっと慎み深い声を出しなさい」

聞こえてくる声は、ソラを責めている。だけど、ジェイドの甘い眼差しは人を諌《いさ》めるものではない。むしろ、こんな声を上げる恋人を、愛おしく思うものだった。

それなのに言葉は厳しい。ソラを教育する、教師みたいな声だった。それはジェイドがわざとソラを苛《いじ》めているからだった。

「あ、ああ、ジェイド、さま、ごめんなさ、……ごめんなさい……っ」

「悪かったと思っているの？　いいよ。それなら許してあげよう。その代わり、もっと身体を揺らすんだ。もっと淫らに、もっと激しく」

通常ならばジェイドは、けしてこんな要求をする人間ではない。いつものソラならば、その不自然さに気がついただろう。だけどジェイドを体内に受け入れ、淫らに腰を揺らされている今では、なにも考えられなくなっていた。

「ソラ、返事はどうした。ちゃんと返事をしなさい」

「は、はい……。ジェイドさま、ごめんなさ、ごめんなさい……っ」

濡れた淫らな音が室内に響く。その音は聞いているだけで、理性まで溶かしそうだ。

「あ、あ、ああ、ああ、あ、やぁ、ああ……っ」

「まただ。ソラは悪い子だね。お仕置きだ。もっと腰を振りなさい」

「は、はい、……はい……っ。ああ、お、怒らないで……」

「怒ってなどいるものか。さぁ、腰を振って。いやらしく男を魅了するようにだ」

朦朧とする頭の中に、残酷な命令が響く。それに必死で従おうとすると、身体が快感にがくがく震えた。

「あああ、やだぁ、やだぁああ……っ」

腰を突き上げられて、甘ったるい悲鳴が上がる。もうなにがなんだか、わからない。ソラは何度も頭《かぶり》を振って許しを請う。

「もう。もうやだぁ……。おわって。もう、おわってくださ……っ」

その悲鳴にジェイドは唇だけで笑い、目の前でぷるぷると震えているソラの乳首を嚙んだ。

「ゃあああんんん……っ」

「早く終われなんて我儘《わがまま》を言った罰だ。ソラは本当に早く終わらせたいのかな。では仕方がない。すぐに引き抜こう」

試すような声に、頭の中が真っ白になる。早く終わってほしい。早く抜いてほしい。でも、もっと抱きしめてほしい。もっともっと突き上げて、ぐちゃぐちゃにしてほしい。

「だ、だめ……、だめ、おわっちゃっやだ」

たった今、泣いて嫌がっていたのに全く違う言葉を吐く唇に、ジェイドはもう一度くちづけた。そしてソラの顎を捕らえて目を見据える。

「どちらだ。抜いてほしいのか、ほしくないのか」

鋭い眼差しに、腰が砕けそうになる。噛まれた乳首もいやらしく疼《うず》く。まともなことが考えられなくなったソラは、要求された淫らな言葉を呟いた。

「もっと、……もっとしてぇ……っ」

「もっと？　もっとなにをしてほしい？　ちゃんと言いなさい。言えない子には、お仕置きだ」

そう囁きながらジェイドは親指の腹で、グリグリと乳首を押し潰し淫らに愛撫する。その途端、ソラの唇から泣き声が零れた。

「あ、あ、乳首、乳首噛んでくださ。乳首噛んだまま、もっといっぱい揺すって。もっと、ぐちゃぐちゃにしてぇ……っ」

はしたない願いが聞こえても、ジェイドは眉を顰《ひそ》めるどころか微笑みさえ湛えていた。先ほどまで、厳しい言葉でソラを戒めていた男とは思えない笑顔だ。

「よくできたね。ソラ。さぁ、次はどうやて抱いてやろうか。ソラのようないやらしい子には、どんなお仕置きが必要だと思う?」

独り言のように呟くと、ジェイドは腰を蠢《うごめ》かした。

「ソラ。もっと動いて。私をもっと締めつけるんだ」

残酷な命令に従おうと、ソラは震えながら身体を揺すり上げる。すると衝撃が走って、身体を動かすことができなくなってしまった。

「おおき、い。おおきい、ジェイド、おおきいよぉお……っ」

自分がなにを口走っているのかわからず、それなのに何度も卑猥な言葉をくり返すソラに、ジェイドは不快な様子も見せない。

それどころか、どんなふうに身体を動かせばソラが泣き喚くのか知り尽くしているジェイドは、弱いところを狙って攻め立てる。

「あ、あ、ああ……っ、もっとして、ぐりぐりして、してぇ、すき、すきぃ……っ」

「……なんて、いやらしいことを言うんだ。浅ましい」

言葉では叱っているが、その淫奔《いんぽん》さにジェイドの瞳は歓喜に輝いた。

こんな淫らな可愛らしさを、今まで見たことがないというような、そんな光だ。計算して見せつける媚《こ》びではなく、無意識の媚態《びたい》を見せたソラ自身は、自分がなにを口走っているか、わかっていなかった。

「ソラ。きみは男の劣情を嫌でも刺激する、悪辣《あくらつ》な存在だ」

そう囁かれたが、なにを言われたのかわからず、瞬きをくり返した。すると、目尻に溜まっていた涙が、ぽろっと転がり落ちる。その涙を見てジェイドの動きが止まる。

「ソラ……っ」

「あ、……ああ、ごめんな、さい……、でも、でも、もう、きもちぃぃい……っ」

甘ったるい声を上げて、ソラがいやらしく腰をくねらせた。その刺激で、ジェイドももう辛抱できなくなっていた。

「いくのか。もういくのか。この淫乱め……っ」

普段のジェイドからは想像もつかない罵《のの》しりの言葉を吐くと、ソラを寝台の上に引き倒し、ぐいぐいと自らの性器を呑み込ませる。その刺激にソラは更に涙を零した。

「いっちゃう、いっちゃうぅぅ……っ、ごめんなさい、ごめんなさいぃぃ……っ」

あり得ないぐらいソラは感じ、謝罪の言葉を口にしながら達しそうになる。その涙が、ジェイドにとっては堪《たま》らない刺激となったようだ。

「ああ、いいよ。もっと締めなさい。私を天国に行かせてくれ……っ」

「ああん、あああんん、あ、あ、ゃあああ――――……っ」

その時、ジェイドの囁きを遮《さえぎ》るような高い声が、ソラの唇から上がる。まるで高いところから落ちてしまったような声だ。

「ソラ、私もいく。……いくぞ……っ」

ジェイドは腕の中のソラをきつく抱きしめると、めちゃくちゃに突き上げた。既に墜情していたソラは、揺さぶられて再び性器から透明な体液を滴《したた》らせる。

「やぁ、あ、ああ――――……っ」

淫らな音を立てて身体を揺さぶったあと、ジェイドはソラの内部に体液を撒き散らした。その刺激と快感に、ソラは身体を反らせて悲鳴を上げた。

「ソラ、……ソラ……っ。ああ、すごい。ああ、くそぅ……っ」

最後まで絞り出すようにジェイドはソラの体内を突き上げ、身体を強張らせる。次の瞬間、ソラは自分の体内が再び、とてつもなく熱くなるのを感じた。

「ジェイド、さ、まぁ……っ」

とてつもない熱が身体の中を波打っている。それが愛しい人のものだと思うだけで、震えてしまった。

(すごい。すごいすごいすごい。きもちいい、きもちいい……っ。もっとほしい。もっともっとほしい……っ)

ソラはしどけない仕草で、手足をジェイドの逞しい身体に巻きつけ、擦り上げた。その拙《つたな》い淫靡な媚態は、ジェイドの背筋を震わせる。

「この小悪魔め……っ」

ジェイドの甘い悪態を、ソラは睦言《むつごと》を聞くような気持ちで耳にした。もっとも、その時はもう四肢から力が抜けて、意識も朦朧としていた。

ソラは愛する人の香りを胸いっぱいに吸い込み、そしてそのまま眠りに堕ちる。たまらなく幸せな午睡であった。

□□□

「ソラ。こんなに暑いのに日向《ひなた》にいると、頭がおかしくなるぞ」

「あ、ジェイド様！」

真夏の昼日中。ソラは宮殿の中庭で、ジェイドにもらった兎を遊ばせていた。おつきの召使達は、誰もがソラに帽子を被せたがったが、ソラは断り続けていた。

日焼けを恐れる貴婦人達が眉を顰める晴天の中、かんかん照りに臆さないソラと兎は、庭の真ん中にいたがるのだ。

「なぜこんな日光の下で、帽子も被らないんだ。倒れるぞ」

「だって、もの凄く天気がよくて、嬉しくなりませんか？」

「……この天気を喜ぶのは動物と、あとはきみぐらいだ」

元気いっぱいのソラの答えにジェイドばかりでなく、傍にいる召使達も全員、理解ができないと首を小さく横に振る。女性は年齢に関わらず、あまり陽の下にはいたがらない。

「とにかく、兎を連れて中に入りなさい。こんな暑さでは、きみも兎も具合が悪くなる」

ジェイドの言いつけに逆らうわけにはいかないと思ったのか、ソラは大人しく頷いて兎に手を伸ばす。だが兎はぴょんこぴょんこと跳ね回り、ソラの腕から遠く離れてしまった。

「エテ、どこに行くのエテ」

名前を呼びながら、ソラはエテを追いかけたが、兎は中庭の奥まで走っていってしまった。さすがにこの暑さの中、小動物を放りっぱなしにはできない。

中庭の奥の噴水まで行くと、木陰と噴水の水に惹かれて小鳥や小さな虫などが涼んでいた。そののどかな光景に、ソラは思わず微笑んだ。

「あ、エテまで涼んでいる」

ソラの兎は、どうやら暑さに参ってしまったようだ。エテは噴水から噴き出される水の傍で、じっとしている。その背後に近寄り、背中側から抱き上げる。

「捕まえた！　全く、この悪戯《いたずら》っ子め」

ソラは文句を言いながらも、兎の長い耳を掌《てのひら》で押さえるようにして撫でてやった。

「さぁ、中に入ろう。ジェイド様も待ってくれているんだから」

そう言って抱き上げた兎と一緒に振り返ったその時。

ソラの目の前に、濃い灰色の兎が座っていた。横に垂れて寝ている耳が可愛らしい。

だが、その垂れた耳を見た瞬間、ソラの胸が大きく鳴った。

(あの耳。あの特徴のある耳。毛並み、灰色の毛……っ)

そっくりだった。聖殿に行く前の日に逃がした、ソラの愛しい柔らかな毛玉に。

(ううん、でも。ロゼと別れてから、どれぐらい経つと思っているんだ。でも。でもでもでも、……でも)

胸がどきどきして、壊れてしまいそうだ。どうしよう。どうしよう。この子はもしかして。

……もしかして。

目頭が、ぎゅっと痛くなる。知らない間に、ソラは自分の口を手で押さえていた。

灰色の柔らかな毛並みと、切れた耳。こんなそっくりな兎がいるのだろうか。

そんな莫迦《ばか》な。そんなこと、あり得るわけがない。

だけど、目の前には確かにその兎がいるのだ。

「……ロゼ?」

ソラの唇から、懐かしい名前が零れ落ちる。それは、ずっと忘れたことのない、愛しい大事な兎の名前だ。

「ロゼ、ロゼでしょう！　おまえ、生きていてくれたのか！」

とうとう耐え切れず、大きな声で兎を呼んだ。

ソラはその灰色の兎に近づこうとした。だが、兎はソラをちらりと見ただけで、すぐにぴょんっと跳ねて、距離を取ってしまった。

「ソラ。そろそろ屋敷に戻ろうか」

ちょうどその時、ジェイドが垣根を掻き分けて噴水に近づいてくる。ロゼと呼ばれた灰色の兎は、今度はジェイドを愛らしい目でジッと見つめた。

「ジェイド様、ロゼです。ほら、前に話したでしょう？　ぼくが家の裏庭で飼っていた子です！」

「え？　あの兎はずいぶん前に、逃がしてやったんだろう？」

ソラはジェイドの問いには答えず、真っ直ぐに灰色の兎を見つめた。そして、そぉっとその傍に歩み寄った。

ソラが抱っこしていたエテは、いつの間にか腕から逃げて、呑気に噴水の傍で涼んでいる。

「ロゼ。ぼくだよ。ソラだよ。……ぼくのこと忘れちゃった？」

恐々と小さな声で話しかけても、ロゼは全く反応しない。それどころか、隙《すき》さえあれば、この場から逃げ去ろうとしている。

「ソラ。もう陽射しがきつすぎる。屋敷に帰ろう。その兎はきみの言っていた兎とは違うだろう。きみが野に放してから、時間が経ちすぎているよ」

ジェイドは別の兎だと思い、ソラを屋敷に連れて帰ろうとした。だが、ソラは動こうとしなかった。

「……ぼくを嫌いになっちゃった？　ぼくはね、一日もロゼのことを忘れたことなかったよ。この垂れた大きな耳と灰色の毛並み、大好きだったもの……っ」

涙声交じりに言うと、ソラは地に膝をついた。そして、灰色の兎に向かって手を差し伸べる。許しを求める悲しい姿だ。

「ロゼ、ごめんね。……ごめんね。もう一緒にいてはくれないだろうけど、一度でいいから、頭を撫でさせて。いい子いい子させて。……ロゼ、大好きなんだよ……っ」

そう言うとソラは差し出していた自分の手を胸に抱き込んだ。そして、そのまま蹲《うずくま》るようにして泣き崩れてしまった。

うさぎ。うさぎ。だいすきだった、うさぎ。

それなのに、ぼくが捨ててしまったうさぎ。

ジェイドはソラの傍に来て、泣き崩れている恋人を優しく抱き上げようとした。だが次の瞬間。

「ソラ、顔を上げて！　早く見るんだっ」

ジェイドの興奮した声にソラがびっくりして涙に濡れた顔を上げると、灰色の兎がソラの膝元まで寄ってきていた。

そして鼻をヒクヒクさせて匂いを嗅《か》いだ後、ソラの膝に頭を寄せ、くりっと擦りつけた。

「ロゼ……っ」

ソラが手を触れようとした瞬間、兎はクルッと向きを変え、木陰へと逃げ込んでしまった。

ソラは自分の膝を何度も撫で、涙をぽたぽた流す。一部始終を見ていたジェイドは眉を寄せて兎が立ち去った後を見つめていたが、すぐに愛しい恋人を抱きしめ、髪を撫でてやる。

「あれは、きみの兎なんだね」

ジェイドの問いにソラはなにも答えず、ただ無言で何度も頷くばかりだった。

気がつくとソラの足元に、エテが擦り寄ってきた。そしてソラの細い脚に、すりすりと頭を擦りつけてくる。それは先ほどのロゼと同じ仕草だった。

「ロゼ、……エテ、ロゼ……、ロゼ」

灰色の兎が去った後、静かな風が頰を打つ。

「ソラ、大丈夫かい」

ジェイドは優しく言うと、ソラの髪を再び撫でた。ソラはジェイドの腕の中に入り、額を擦りつけるようにして抱きつく。

「きみは、兎達と同じだね。可愛らしくて、いたいけで、そのくせ、悪戯っ子のような目で見上げるところが、そっくりだ」

その甘い声にソラは頷き、目尻に溜まった涙を、手の甲で拭う。そして、にっこりと笑った。

「はい。ぼくはうさぎと同じです。……だから、可愛がってください」

ジェイドはその言葉を聞くと、ちょっとだけ笑った。そしてそのまま、ソラにくちづける。

「そうか。こんな可愛い兎は、一刻も早く連れて帰って食べてしまわなければね」

そう囁くジェイドにソラは小さく頷き、背中にしがみつくようにして抱きついた。

「はい。ぼくを食べて……、いっぱい食べてください……」


照りつける陽射しの中での、夢のような奇跡。その言い知れぬ不思議な瞬間、ソラはとてつもなく幸せだった。

End

あとがき

弓月です。『ぼくの皇子様』をお手に取ってくださって、ありがとうございます！

初B-PRINCE文庫様でBLではイラストをご担当くださった中井先生初ファンタジー、初の中井アオ先生と初めてづくしです。キラキラしていて男の子っぽく、ジェイド様は凛々しくカッコよく、個人的に贔屓しているアンバー様はクールで美しい、理想の美悪役でした。中井先生、素晴らしい作品の数々を、ありがとうございました！

担当様、B-PRINCE文庫編集部の皆様。制作、営業、販売ご担当者様。皆様のお陰で本を出して頂き、読者様の許に届きます。本当にありがとうございました。

そして読者様。本書は、いつもの弓月と趣向が変わり、ファンタジーです。ご感想など賜れれば嬉しくて小躍りします。本を出す時は常に不安なので、優しくしてください（他力本願）。

魔法の国の合言葉『家庭に一冊、職場に二冊』って唱えると、なんだか三冊欲しくなりませんか。なりませんね。ハイハイ、オチがなくてゴメンなさいよー。

本気の冗談はともかく。しょっぱいことが多い人生なので、幸福になりたいです。そっちか。

とにかく。本書をお読みくださった皆様が、少しでも楽しんで頂ければ幸せです！

弓月あや　拝

初出一覧

ぼくの皇子様　/書き下ろし
ぼくのうさぎ　/書き下ろし

B-PRINCE文庫をお買い上げいただきありがとうございます。
先生へのファンレターはこちらにお送りください。

〒102-8584
東京都千代田区富士見1-8-19
株式会社KADOKAWA　アスキー・メディアワークス
B-PRINCE文庫　編集部

B♥PRINCE
http://b-prince.com

ぼくの皇子様《おうじさま》

発行　2014年7月7日　初版発行

著者｜弓月あや
©2014 Aya Yuzuki

発行者｜塚田正晃

プロデュース｜アスキー・メディアワークス
〒102-8584　東京都千代田区富士見1-8-19
☎03-5216-8377（編集）

発行｜株式会社KADOKAWA
〒102-8177　東京都千代田区富士見2-13-3
☎03-3238-8521（営業）

印刷・製本｜旭印刷株式会社

小社ホームページ　http://www.kadokawa.co.jp/

Printed in Japan
ISBN978-4-04-866661-9 C0193